De la haine à l'amour

J'AI LU

Barbara Cartland est une romancière anglaise dont la réputation n'est plus à faire.

Ses romans variés et passionnants mêlent avec bonheur aventures et amour.

Vous retrouverez tous les titres disponibles dans le catalogue que vous remettra gratuitement votre libraire.

Barbara Cartland

De la haine à l'amour

traduit de l'anglais
par J.-P. Pugi

Éditions J'ai lu

Ce roman a paru sous le titre original :

FROM HATE TO LOVE

NOTE DE L'AUTEUR

Dès les débuts de l'Eglise chrétienne, l'indissolubilité du mariage devint l'un des éléments de sa doctrine, et l'on tint pour suspectes toutes les relations sexuelles sortant du cadre des liens conjugaux.

Les réformateurs protestants furent les premiers à battre en brèche ce principe, estimant qu'un homme pouvait se remarier après avoir répudié sa femme adultère, même si cette dernière n'avait pas été exécutée par le bourreau.

Quelque temps plus tard, la femme se vit à son tour reconnaître le droit de demander le divorce en cas d'infidélité du mari, mais uniquement s'il se montrait en outre cruel envers elle.

Contrairement aux Eglises catholiques non romaines d'Ecosse et du continent européen, l'Eglise anglicane se montra moins progressiste sur ce plan et maintint le principe de l'indissolubilité du mariage. Finalement, ce fut le Parlement anglais qui s'arrogea le droit de dissoudre les liens du mariage. Cette procédure était cependant si coûteuse que le nombre total des divorces prononcés entre 1602 et 1859 fut de trois cent dix-sept seulement.

En 1837, après des débats passionnés, on reconnut aux hommes le droit de pouvoir divorcer légalement d'une épouse coupable d'adultère. Mais les femmes devaient toujours apporter la preuve que l'adultère de leur époux se doublait de vice ou de cruauté. Cette clause restrictive ne fut abrogée qu'en 1923.

La possibilité qu'avait le procureur du roi d'intervenir durant la période de six mois séparant le décret provisoire du décret irrévocable fut extrêmement impopulaire, mais cette mesure resta en vigueur jusqu'à la loi de réforme du divorce de 1969.

1

1899

— Vous arrivez trop tard ! Si vous voulez manger quelque chose, il faudra le préparer vous-même ! Je ne suis pas ici pour faire la bonne. J'ai déjà assez de travail !

Sur ces mots, Mme Mansur, une femme hispano-arabe d'un certain âge, quitta la cuisine en claquant la porte.

Atayla poussa un soupir. Elle s'attendait à cette réaction.

Elle songea tout d'abord à se passer de nourriture, puis se rendit compte que ce serait stupide.

La blessure de son épaule l'avait considérablement affaiblie, et elle savait que pour recouvrer ses forces elle avait grand besoin de ce que tout médecin eût appelé des « remontants ».

Mais ils semblaient difficiles à trouver dans un établissement religieux où un jour sur deux était un jour de jeûne et où Mme Mansur, la gouvernante du père Ignatius, ne dissimulait pas son hostilité envers elle.

Atayla était inconsciente lorsqu'on l'avait amenée à la mission de Tanger. Elle n'avait découvert que plus tard où elle se trouvait et ce qui était arrivé.

Alors qu'ils se dirigeaient vers Tanger, son père et

elle avaient été victimes d'une attaque de pillards du désert qui lui semblait, maintenant, un cauchemar dont elle ne pouvait s'éveiller.

Gordon Lindsay avait voyagé pendant des années dans toute l'Afrique du Nord sans le moindre incident grave malgré les multiples dangers, et il était difficile de croire qu'il avait pu être victime du destin alors qu'il accomplissait sa dernière expédition.

Le drame était toutefois prévisible. Leur escorte était peu nombreuse : l'un des dromadaires était mort, un autre n'était pas en état d'effectuer le voyage de retour, et enfin les moyens manquaient pour acheter des bêtes de remplacement.

Ce qui expliquait le dénuement d'Atayla.

Son père était mort et elle se retrouvait sans argent. Il fallait pourtant qu'elle trouve le moyen de se rendre en Angleterre et de se mettre en quête de sa famille dans l'espoir d'être prise en charge le temps de trouver un emploi.

Mais cela exigeait trop d'efforts de sa part !

Elle se sentait terriblement faible et son crâne paraissait bourré de coton, ce qui empêchait toutes pensées claires ou sensées.

Parcourant du regard la cuisine au plafond bas, Atayla se demanda ce qu'elle pourrait bien manger.

La semaine précédente, lorsqu'elle avait pu se lever pour la première fois, elle s'était rendu compte que non seulement la gouvernante lui mesurait la moindre bouchée de nourriture, mais qu'elle éprouvait envers elle une profonde jalousie, et cela pour la simple raison que le père Ignatius, auquel Mme Mansur vouait une admiration proche de l'idolâtrie, s'entretenait fréquemment avec elle.

Le père Ignatius, homme bon et compatissant envers tous ceux qui étaient dans l'affliction, dirigeait la mission. Celle-ci se composait de prêtres versés dans l'art de la médecine, mais chargés aussi de porter la bonne parole aux Arabes qui, pour la plupart, n'éprouvaient pas le moindre désir de les écouter.

Les missionnaires avaient consacré leur vie à la conversion des païens, et si leur vocation en faisait les victimes d'épreuves intolérables et parfois même d'une mort prématurée, il ne faisait aucun doute qu'ils étaient accueillis à bras ouverts au paradis.

La gouvernante ne semblait cependant pas partager leur idéal. Et Atayla, sachant qu'il lui fallait préparer son départ, décida d'en parler au père Ignatius le soir même.

Au moins aurait-elle droit à un repas frugal, à moins qu'il ne s'agisse d'un jour de jeûne, naturellement.

Pour l'instant, son estomac lui rappelait que la soirée précédente avait été une de ces veillées où l'on récitait interminablement des grâces devant deux tranches de mauvais pain accompagnées d'un verre d'eau, ce qui constituait le repas.

Elle ouvrit le placard de la cuisine et trouva, caché derrière des tasses, un œuf minuscule. Mme Mansur l'avait bien sûr dissimulé exprès.

Elle posa sa trouvaille sur la table de la cuisine, puis dénicha une miche de pain rassis. Elle en coupa une épaisse tranche qu'elle fit griller devant la cuisinière presque éteinte.

Cela prit du temps et, une fois l'œuf poché et posé sur le pain, Atayla n'avait plus faim.

Et pourtant, elle avait acquis une grande expérience dans l'art de combattre la faiblesse, lors de ses voyages avec son père, aussi se contraignit-elle à manger et sut, une fois la dernière miette avalée, qu'elle avait recouvré quelque force.

« Ce que j'apprécierais, se dit-elle, c'est un poulet bien dodu rôti au four, avec des légumes tout frais venus d'Angleterre et quelques pommes de terre nouvelles. »

Cette pensée la fit rire, tant elle paraissait incongrue. Dehors régnait une clarté aveuglante et le soleil de midi était intolérable.

Assise devant son assiette vide, Atayla songeait que le moment était venu pour elle de faire des projets.

Peut-être les éditeurs de son père accepteraient-ils de lui adresser un à-valoir sur les droits d'auteur du manuscrit qu'il leur avait expédié il y a un mois.

Grâce à Dieu, il ne l'avait plus en sa possession lorsque les voleurs les avaient laissés pour morts et étaient partis avec tous leurs biens.

Par la suite elle avait appris que les bandits avaient dépouillé son père de ses vêtements, alors qu'elle-même n'avait reçu qu'un coup de poignard qui lui avait fait perdre connaissance.

Les chevaux de selle et le seul dromadaire qui leur restait, un animal valant au moins une centaine de livres et transportant tous leurs biens de valeur, avaient disparu. Et Atayla s'était retrouvée, sans un sou vaillant, avec uniquement ce qu'elle « avait sur elle ».

Même si les éditeurs acceptaient de lui faire une petite avance, il y avait toutes les chances pour que la somme ne soit pas suffisante pour régler son passage jusqu'en Angleterre. Elle devrait alors faire appel à la générosité du consul britannique.

Mais lorsqu'elle avait mentionné cette possibilité, le père Ignatius ne s'était guère montré optimiste. Il y avait tellement de ressortissants britanniques bloqués en Afrique du Nord après avoir été dépouillés par des voleurs ou avoir perdu leur argent par simple imprudence que le consul ne venait en aide qu'aux personnes importantes.

En raison de sa réputation d'érudit, le père d'Atayla serait certainement entré dans cette catégorie.

Mais elle répugnait à demander la charité et à se soumettre à un interrogatoire humiliant sur la situation financière de son père.

Si les chercheurs et les explorateurs qui reconnaissaient en lui un spécialiste de l'Afrique du Nord pouvaient comprendre, comment expliquer à un bureaucrate que son père avait consacré sa vie à l'étude des tribus de cette région, et plus particulièrement des Berbères ?

On savait peu de choses à leur sujet et, comme presque tout ce qui concernait leur histoire, leur religion et leurs us et coutumes était encore secret, Gordon Lindsay avait la certitude d'apporter une contribution importante à l'histoire. « Lorsque le livre de papa sera publié, il deviendra peut-être aussi célèbre qu'il aurait dû l'être au cours de sa vie. »

Elle songeait avec tristesse que, tout comme pour ses précédents ouvrages et articles destinés à la Royal Geographical Society et à la Société des géographes (1), seuls quelques érudits sauraient apprécier ses découvertes à leur juste valeur et peu d'exemplaires seraient vendus.

« Je ne pourrai compter que sur moi seule », pensa Atayla.

Or, comment pourrait-elle gagner sa vie ? Elle parlait l'arabe et un certain nombre de dialectes africains, mais c'étaient là des connaissances difficilement exploitables en Angleterre.

(1) En français dans le texte.

Elle savait par ailleurs qu'il lui serait impossible de vivre seule dans un pays d'Afrique ; et elle craignait si elle demeurait à la mission, ou dans un autre lieu d'accueil pour jeunes femmes seules, de rencontrer une hostilité comparable à celle que manifestait à son égard la gouvernante du père Ignatius.

Avant de mourir, sa mère lui avait dit :

— Tu seras très belle, ma chérie ; ton père et moi n'en avons jamais douté. Et tu risques d'être victime de la jalousie qu'une jolie femme suscite autour d'elle.

Comme Atayla ne semblait pas saisir la signification de cette mise en garde, elle avait ajouté en souriant :

— Des hommes te poursuivront de leurs assiduités, et des femmes te haïront. Je puis seulement espérer, ma chérie, que tu rencontreras un homme qui saura te rendre aussi heureuse que je l'ai été auprès de ton père.

— As-tu été heureuse, maman ? N'as-tu pas souffert de la vie d'errants que vous avez menée ? N'as-tu jamais désiré posséder un véritable foyer ?

Pendant un bref instant, une expression radieuse avait illuminé le visage fatigué de sa mère.

— Je ne crois pas qu'une femme puisse être plus heureuse que je l'ai été ! J'ai vécu auprès de ton père des moments passionnants et, même lorsque notre situation semblait désespérée, nous avons toujours su rire des dangers qui nous menaçaient.

Atayla pensait que sa mère ne mentait pas car, après sa mort, toute joie disparut de son existence. Elle avait vainement tenté de la remplacer auprès de son père : elle s'occupait de lui, veillait aux repas et s'efforçait de considérer leurs déplacements dans le désert comme une joyeuse aventure.

Mais malgré l'amour profond qui la liait à son père, elle était consciente qu'elle ne pouvait remplacer auprès de lui son épouse défunte.

Si, parfois, il riait encore, c'était sans spontanéité. Toute sa joie était enfouie au fond d'une tombe anonyme creusée dans un village arabe si petit qu'il ne possédait même pas de nom.

Après leur mariage, son père et sa mère n'étaient retournés en Angleterre qu'en de rares occasions, notamment pour la naissance d'Atayla.

Ils y avaient séjourné une dernière fois, six ans plus tôt, lors de la mort de sa grand-mère paternelle. La jeune fille avait alors fait la connaissance de sa famille dont tous les membres semblaient désapprouver la vie que son père avait choisi de mener.

Elle avait douze ans à l'époque et elle ne gardait de ces lointains parents qu'un souvenir vague ; mais elle imaginait qu'ils l'accueilleraient sans enthousiasme, quand elle se présenterait chez eux.

Sa famille paternelle vivait dans l'extrême nord de l'Angleterre, aux confins de l'Ecosse.

Peut-être son père devait-il son goût de l'aventure au sang écossais qui coulait dans ses veines, et ses talents d'écrivain à son éducation anglaise.

Atayla savait que son père avait un frère aîné. Mais il n'en avait reçu aucune nouvelle depuis bien des années et elle redoutait qu'il fût également décédé. Il avait encore une sœur qui s'était mariée, mais Atayla ne se rappelait pas son nom d'épouse.

Avec raison, elle se dit toutefois que l'unique solution qui lui restait était de se rendre en Angleterre pour y faire des recherches.

Mais elle s'interrogeait sur les moyens de trouver l'argent nécessaire pour mener à bien ce projet :

avant leur dernière expédition, son père avait retiré de leur banque de Tanger tout l'argent qu'il possédait, quelques centaines de livres.

Il avait dépensé la majeure partie de cette somme pour acheter des bêtes de selle et de somme, et rémunérer les serviteurs qui les accompagnaient dans ce voyage, estimant qu'à leur retour il leur resterait suffisamment d'argent pour vivre confortablement pendant un mois à Tanger.

— Nous louerons une petite maison dans les faubourgs de la ville, lui avait-il dit. Les deux articles que j'ai l'intention d'écrire pour la Société des géographes, qui s'intéresse toujours à l'Afrique, nous rapporteront une somme importante : nous pourrons alors décider ce que nous ferons ensuite, ma chérie.

Atayla n'avait aucune inquiétude à ce sujet. Elle était accoutumée à ce que sa mère appelait « vivre au jour le jour » et considérait l'optimisme de son père comme parfaitement naturel.

Mais il n'était plus auprès d'elle, et pour la première fois de sa vie elle appréhendait l'avenir.

Perdue dans ses pensées, elle était restée assise devant la table de la cuisine et elle sursauta lorsque la porte d'entrée s'ouvrit.

Elle se leva aussitôt et alla placer son assiette dans l'évier ; puis elle quitta la cuisine pour aller au-devant du père Ignatius qui venait de rentrer.

C'était un bel homme proche de la soixantaine ; mais son visage était creusé de profondes rides et ses yeux fatigués par trop de travail. Atayla savait qu'il craignait le soleil de midi, trop brûlant, et qu'il regagnait la mission pour prendre du repos dans la petite pièce qu'il avait aménagée en cabinet de travail.

En voyant Atayla, le prêtre posa son chapeau plat à larges bords et lui dit en souriant :

— Ah, vous voilà, mon enfant ! Je voulais justement vous parler.

— Et je souhaitais également avoir un entretien avec vous, mon père. Si vous avez quelques instants à me consacrer.

— En ce cas, entrons dans mon cabinet de travail, suggéra le père Ignatius. L'air y est moins étouffant qu'ici.

— Voulez-vous que je vous apporte quelque chose à boire ? demanda Atayla.

— Un verre d'eau me ferait plaisir.

Atayla retourna dans la cuisine et elle versa de l'eau dans un verre mais ne trouva qu'un citron desséché dans la corbeille d'osier qui aurait dû contenir des fruits. Elle le trancha et pressa le peu de jus qu'il contenait, espérant qu'il parviendrait à donner un goût agréable à l'eau.

Elle le faisait parce que c'était ce que son père eût aimé boire, mais il lui semblait que le père Ignatius était si profondément détaché des choses de ce monde qu'il ferait à peine la différence entre cette eau et une coupe de champagne.

Quand elle entra dans la pièce, il s'était déjà installé dans l'un des fauteuils de rotin ; il prit distraitement le verre qu'elle lui tendait et en but une petite gorgée alors qu'elle s'asseyait à son côté.

— Pour l'instant, vous êtes trop las pour parler. Il est préférable que je vous laisse vous reposer, je reviendrai dans une heure.

— Je crois que si quelqu'un a besoin de repos, c'est plutôt vous, répliqua le père Ignatius. Comment vous sentez-vous ?

— Mieux, et la blessure de mon épaule cicatrise

normalement bien qu'elle ait toujours un aspect peu engageant. Mais comme personne ne peut la voir, c'est sans la moindre importance.

Elle parlait sur un ton enjoué dans l'espoir de dérider le père Ignatius, mais le prêtre avait le regard fixe. Comme s'il n'avait pas entendu ses propos, il déclara :

— J'ai une proposition à vous faire, Atayla ; mais je ne suis pas certain d'agir pour votre bien en vous la soumettant...

Surprise par la gravité du ton, la jeune fille répondit :

— Mon père, si vous avez trouvé un moyen de me faire gagner quelque argent, vous savez que je prendrai votre proposition en considération. Tout ce que mon père et moi possédions a été emporté par les voleurs, je puis seulement m'estimer heureuse que le manuscrit de son dernier livre ait déjà été expédié vers l'Angleterre.

— Il faut en remercier Dieu, approuva le père Ignatius. Soyons-lui également reconnaissants de vous avoir gardée en vie, mon enfant.

— Certes, mon père... Mais vous avez parfaitement conscience que je devrai désormais me débrouiller seule. Je dois au moins gagner assez d'argent pour regagner l'Angleterre où j'espère retrouver des membres de la famille de mon père.

Il y eut un bref silence, puis le prêtre déclara :

— C'est précisément de ce projet que je voulais vous entretenir. Les voies du Seigneur sont souvent impénétrables.

Sachant qu'il n'aimait pas être brusqué, Atayla attendit patiemment que le missionnaire lui fournisse des explications.

— Ce matin, commença-t-il, un médecin m'a demandé d'aller visiter une de ses patientes dont l'état l'inquiétait.

Le père Ignatius parlait d'une voix grave et semblait peser chaque mot.

— Elle vit dans l'une de ces belles villas qui dominent la baie ; au cours de cette visite, elle m'a demandé de chercher une personne susceptible de ramener son enfant en Angleterre.

Atayla se redressa brusquement dans le fauteuil de rotin où elle avait pris place.

Elle avait peine à croire que le prêtre venait, miraculeusement, de trouver la solution de son problème.

— Cette femme veut absolument que cette personne soit de nationalité anglaise, ajouta le père Ignatius. Et, tout en parlant avec elle, j'ai pensé à vous : voilà qui devrait vous permettre de regagner votre pays.

Atayla prit une inspiration profonde.

— Mon père, c'est exactement ce qu'il me faut ! N'est-il pas merveilleux qu'on vous ait fait cette demande juste aujourd'hui ?

Le prêtre ne répondit pas et Atayla attendit un moment pour l'interroger.

— Quelque chose vous chagrine dans cette affaire... Pourquoi cette solution ne vous plaît-elle pas ?

Le père Ignatius parut chercher ses mots, avant de s'expliquer plus précisément.

— La femme en question se fait appeler la comtesse de Soisson ; elle s'est montrée avec moi d'une franchise totale, bien qu'elle ignorât que je connaissais déjà la vérité. En fait, elle n'est pas mariée avec le comte de Soisson, même si elle vit maritalement avec cet homme.

Atayla prit à nouveau une profonde inspiration.

Ce n'était un secret pour personne que Tanger

servait d'asile à ceux que l'Espagne avait rejetés ; ils jouaient même un rôle prépondérant dans la ville. Mais des ressortissants d'autres pays s'y étaient également installés pour des motifs plus personnels, souvent pour vivre à leur guise sans être l'objet de la réprobation générale.

Après une pause, elle demanda :

— L'enfant qu'il faut ramener en Angleterre... est-il anglais ou français ?

— Il s'agit d'une petite fille, et elle est anglaise.

— En ce cas, j'accepte de l'accompagner.

— Je ne doutais pas de votre réponse, dit le père Ignatius. Mais j'estime par ailleurs qu'il n'est guère convenable que vous rencontriez une femme qui, aux yeux de Dieu et de son Eglise, vit dans le péché.

— Est-elle catholique ?

Le père Ignatius fit un signe de dénégation.

— Non. Mais le comte est catholique, et il a abandonné sa femme et sa famille qui vivent toujours en France.

Une nuance de réprobation perçait dans la voix du prêtre, mais Atayla ne pouvait s'empêcher de penser que la conduite de cette femme ne la concernait pas.

Une seule chose lui importait : prouver qu'elle était capable de se débrouiller seule en conduisant l'enfant de cette femme en Angleterre.

Consciente des réticences du missionnaire qui hésitait à cautionner ce projet, elle se pencha vers lui dans une attitude de supplication.

— Je vous en conjure, mon père : essayez de comprendre que c'est pour moi une chance inespérée. Je ne dispose pas de l'argent nécessaire pour me rendre en Angleterre ; et même si je parviens à trouver du travail ici, à Tanger, combien de temps me faudra-t-il pour épargner de quoi faire ce voyage ? En outre, à supposer que j'obtienne un emploi, je ne saurai pas où loger pendant ce temps...

Elle vit les lèvres du prêtre esquisser une réponse, mais ils jugèrent tous deux inutile de préciser à haute voix que Mme Mansur s'opposerait à son séjour prolongé à la mission tant l'hostilité de la gouvernante était évidente.

— Je vous en supplie, mon père. Permettez-moi d'aller voir cette femme et de lui dire que j'accepte sa proposition.

Le prêtre serra les lèvres, puis répondit :

— J'ai prié, Atayla. J'ai prié tout au long du chemin, en demandant à Dieu de m'inspirer. Vous êtes bien jeune pour être mise au contact de tant de dépravation, et cependant je ne vois pas d'autre solution.

— Mon père, je puis vous assurer que le spectacle de ce que vous appelez dépravation n'influencera pas mon jugement. Mon seul souci sera de guider cette enfant, et lorsque nous aurons quitté Tanger l'inconduite de sa mère ne sera plus pour elle qu'un vague souvenir.

Atayla eut l'impression que sa fermeté avait convaincu le prêtre dont le regard était déjà moins inquiet.

— Votre père et votre mère ont été rappelés par Dieu, dit-il, et je me sens responsable de vos actes. C'est pourquoi j'ai si peur pour vous, bien que je sois parfaitement conscient que nous sommes tous entre les mains d'une puissance supérieure.

— C'est également ma conviction, fit Atayla. Mais vous devez comprendre que j'en sais bien plus sur la vie et sur les êtres humains que si j'avais paisiblement grandi en Angleterre ; j'ai découvert avec mon père, en des lieux reculés, de fort étranges coutumes.

Cette fois, le missionnaire sourit.

— Je suppose que c'est exact, les coutumes de certaines de ces tribus que vous avez rencontrées choqueraient sans doute bien des Anglais.

— Et c'est pourquoi il entre peut-être dans les desseins de Dieu que me soit offerte cette chance de regagner l'Angleterre, s'empressa d'ajouter Atayla. Je suis certaine d'ailleurs que ceux qui recueilleront cette enfant mènent des vies exemplaires !

Le prêtre soupira. Puis, conscient de l'impatience d'Atayla, il déclara :

— Allez vous reposer, mon enfant. Dès que la grosse chaleur sera passée, je vous accompagnerai chez la comtesse. Le trajet est assez long et vous ne devez pas vous surmener, après ce que vous avez subi.

Atayla, certaine d'avoir remporté une victoire, eut une expression de triomphe en s'exclamant :

— Merci, merci, mon père ! Je sais que vous n'aurez jamais à regretter la confiance que vous me faites.

Le prêtre gardait le silence et Atayla comprit qu'il priait.

Elle sortit de la pièce et tira doucement la porte derrière elle ; elle monta dans sa petite chambre où régnait une chaleur étouffante à cette heure de la journée. Elle s'allongea sur le lit, en pensant que son père aurait dit une fois de plus que quelque chose s'était « produit ».

Il lui resterait pourtant bien des difficultés à surmonter et tout n'était pas encore résolu ; mais elle était au moins assurée de pouvoir regagner l'Angleterre.

Elle espérait que le lieu de destination de l'enfant, quel qu'il fût, se trouvait dans le nord du pays, et qu'elle n'aurait ensuite qu'un court voyage à faire pour se rendre à Baronswell où elle espérait retrouver sa famille.

Son père avait été à tel point absorbé par ses tribulations africaines qu'il ne lui avait que très rarement parlé de son enfance. C'était sa mère qui lui avait décrit la grande maison de brique grise et la propriété où il avait vu le jour ; elle ne s'y était rendue que pour rencontrer ses futurs beaux-parents lors de leurs fiançailles.

— Ils formaient un couple assez impressionnant, lui avait déclaré sa mère. Et ton grand-père paternel désapprouvait notre mariage, qu'il considérait comme une pure folie.

Elle avait ri, avant d'ajouter :

— Je crois qu'ils étaient en fait très surpris que j'aie accepté d'épouser leur fils. Par ailleurs, ma famille était furieuse, car on espérait pour moi un mariage plus avantageux sur le plan social.

— Parce que tu étais très belle, maman ? avait demandé Atayla.

— Ton père le pensait, en tout cas. Mais ton grand-père maternel était baronet et extrêmement fier de son arbre généalogique. J'étais sa fille unique et, comme il éprouvait une profonde amertume de ne pas avoir eu de fils, il avait reporté sur moi tous ses espoirs.

— Il n'approuvait pas ton choix ?

— Il trouvait son gendre charmant... Comment aurait-il pu en être autrement ? Mais ton père n'avait pas d'argent et il voulait se rendre en Afrique où j'avais décidé de l'accompagner.

» J'aurais pu tout aussi bien leur annoncer que je voulais me rendre sur la lune ou aller m'installer au pôle Nord ! Ils parlaient tous de l'Afrique comme s'ils n'étaient pas certains de l'existence de ce continent !

— Mais tu n'as pas eu à regretter ta décision, maman ?

— Chaque instant passé auprès de ton père m'a emplie de bonheur, et j'ai fini par m'intéresser autant que lui à ces tribus ignorées du monde civilisé et à leur évolution surprenante lorsqu'elles avaient été mises en contact avec d'autres peuples.

Atayla savait que sa mère songeait à la façon dont les Berbères, dont son père avait étudié tout particulièrement les coutumes, avaient assimilé les apports de leurs conquérants successifs : les Phéniciens, les Romains, les Vandales et les Arabes.

Lorsque Gordon Lindsay avait conduit sa famille dans les montagnes du Rif, où vivaient la plupart des Berbères, elle avait commencé à comprendre sa passion pour ce peuple.

Au fil des années, elle avait appris l'histoire de ce peuple d'Afrique du Nord, plus complexe et plus fascinante que tout ce qu'elle avait pu lire dans les manuels.

Elle avait étudié l'invasion des musulmans, qui avaient quitté l'Arabie pour les « terres de l'extrême Ouest, un cimeterre dans une main et le Coran dans l'autre ».

Elle avait appris à connaître les Maures, dont les ancêtres avaient entrepris la conquête de l'Espagne dans le but de répandre la foi islamique. Son père lui avait enseigné les principes de cette religion qui laissait à ses fidèles le soin de juger ce qu'il y avait de bon et de noble chez l'homme.

Elle avait ainsi acquis la conviction que, même si certaines de leurs coutumes pouvaient paraître barbares, on ne pouvait négliger tout ce qu'il y avait de bon et d'admirable chez ce peuple qui avait erré dans le désert pendant des siècles.

« Que m'importe que la comtesse ne soit pas une véritable comtesse et qu'elle vive avec un homme qui a quitté son épouse légitime et sa famille ! » songea Atayla.

Puis elle imagina la réaction horrifiée qu'aurait eue le père Ignatius, s'il avait pu deviner ses pensées.

« C'est très mal, naturellement, admit-elle. Cependant, papa s'est toujours refusé à juger autrui, hormis lorsque des actes de cruauté avaient été commis. Il estimait que chacun de nous devait trouver son propre chemin vers le salut et c'est aussi ma conviction. »

Le souvenir de la tolérance qui animait son père lui fit monter les larmes aux yeux, et elle comprit combien il lui manquait.

Lorsqu'elle avait été recueillie par des voyageurs compatissants et ramenée au père Ignatius, elle était encore inconsciente et un certain temps s'était écoulé avant qu'elle ne fût capable d'assimiler tout ce que représentait la mort de son père.

Elle avait tout d'abord rejeté le fait, trop douloureux à admettre. Puis, comme les jours passaient et que sa blessure se cicatrisait, elle avait pris conscience qu'elle serait désormais seule en ce monde et que nul ne viendrait la guider, dans l'avenir. Elle avait alors regretté que les voleurs ne l'eussent pas tuée comme ils avaient tué son père.

Mais, parce qu'elle était jeune et mue par un irrépressible désir de vivre, elle était parvenue à regarder la vérité en face et accepter la réalité.

Elle croyait même parfois entendre son père rire et se moquer de sa lâcheté et de ses frayeurs.

— Ne t'inquiète pas, il se produira quelque chose, disait-il.

Et précisément il venait de se produire quelque chose !

Atayla devait se frayer un passage dans les ruelles bondées de monde au côté du père Ignatius ; mais elle était trop accoutumée à voir des hommes coiffés d'un fez et des femmes en burnous et yashmaks qui traînaient leurs pieds chaussés de babouches, pour s'intéresser à autre chose qu'au chemin que lui faisait emprunter son guide.

Ils laissèrent derrière eux les maisons aux toits en terrasse pour gravir une petite colline. Le prêtre désigna du doigt une grande villa ceinte de hauts murs.

Ils progressaient sur un chemin caillouteux d'où la vue sur la mer était magnifique. De chaque côté des petites chèvres broutaient des touffes d'herbe et des fleurs, entre les pierres. Des arbres aux feuilles épaisses et sombres se découpaient contre le ciel.

Sensible à la beauté des lieux, Atayla eût aimé pouvoir faire partager son admiration, mais le missionnaire était absorbé dans ses pensées. Le rosaire suspendu à sa taille se balançait à chaque déplacement de ses pieds chaussés de sandales et la jeune fille supposa qu'il priait.

Ils arrivèrent devant un grand portail, qui fut ouvert par un serviteur vêtu d'une livrée d'un blanc immaculé.

Le père Ignatius s'adressa à l'homme en arabe, pendant qu'Atayla parcourait du regard le parc orné de fontaines et de massifs de fleurs. Des cyprès se dressaient vers le ciel tels de longs doigts tendus, en totale harmonie avec l'architecture orientale de la demeure.

Elle suivit sans un mot le père Ignatius jusqu'à la

porte principale qui fut à son tour ouverte par un autre serviteur à la livrée tout aussi élégante ; on les conduisit dans une vaste pièce d'où l'on avait une vue magnifique sur la baie.

Le mobilier se composait de sofas et de fauteuils si profonds qu'Atayla estima qu'il valait mieux ne pas s'y asseoir car il lui serait ensuite extrêmement difficile de se relever. Les meubles français en bois précieux étaient les plus beaux qu'elle ait jamais vus. Des vases de porcelaine garnis de bouquets et des tableaux qui, elle en était certaine, devaient posséder une très grande valeur complétaient le décor.

On les fit attendre longuement. Le père Ignatius resta assis au bord d'un fauteuil et garda le silence. Enfin une servante vint s'adresser à lui en espagnol.

Le prêtre fronça les sourcils et se tourna vers Atayla.

— Cette femme déclare que sa maîtresse est très faible, et qu'il serait préférable que vous alliez la voir seule. Accompagnez-la, mon enfant.

La jeune fille obéit avec empressement ; mais en montant l'escalier majestueux, elle s'interrogea soudain sur son apparence et sur l'opinion qu'on pouvait avoir d'elle.

Son désir de conduire l'enfant de la prétendue comtesse en Angleterre lui avait fait oublier que la décision finale dépendait de la femme qu'elle allait rencontrer et l'impression qu'elle produirait sur elle serait sans doute déterminante.

Or, lors de l'attaque, elle portait des vêtements élimés, et son corsage avait été lacéré et ensanglanté par le coup de poignard. Il lui avait donc fallu accepter une robe prélevée sur la réserve de la mission. Ces vêtements, envoyés d'Angleterre par des organisations charitables, n'étaient guère seyants : choisis pour celles que l'on appelait les « indigènes » ils étaient taillés dans des cotons grossiers d'une nuance grisâtre particulièrement hideuse, totalement déplacés sous le soleil brillant.

Seuls les orphelins et les mendiants acceptaient de porter ces ternes étoffes dans ce pays aux couleurs chatoyantes.

La robe qu'on lui avait donnée était ample là où elle aurait dû être ajustée, et étroite là où il lui aurait fallu une certaine ampleur ; Atayla y avait apporté quelques améliorations en fabriquant une ceinture improvisée à partir de plusieurs mouchoirs et en nouant autour de son cou un petit foulard blanc.

Mais, malgré ses efforts, elle manquait de grâce et redoutait que la mère de l'enfant décidât de chercher une personne mieux vêtue, et peut-être plus âgée, pour veiller sur sa fille.

« J'aurais dû y penser plus tôt », se reprocha Atayla.

Mais, même si elle avait songé à cet aspect de la question, elle n'aurait guère pu faire mieux : une autre femme lui aurait prêté un vêtement plus seyant que celui qu'elle portait, mais Mme Mansur était bien trop heureuse de la voir à son désavantage et elle n'aurait pas levé le petit doigt pour lui prêter même une paire de gants.

Elles étaient arrivées sur un palier et la servante ouvrit une porte.

Comprenant que c'était ce qu'on attendait d'elle, Atayla la suivit à l'intérieur de la pièce et se retrouva dans une chambre au luxe impressionnant.

Une porte-fenêtre donnait sur les jardins et l'on voyait la mer qui s'étendait au-delà. Des stores protégeaient de l'éclat du soleil un immense lit garni de rideaux blancs qui tombaient d'une couronne d'angelots dorés suspendus au plafond.

L'une des plus belles femmes qu'Atayla ait jamais vue se tenait adossée contre les oreillers.

Elle était tellement accoutumée à la peau foncée des Arabes que la femme alitée lui sembla, par contraste, encore plus exceptionnelle.

Ses longs cheveux dorés, de la couleur des blés, encadraient un visage aux traits fins et classiques. Son extrême pâleur était pourtant celle d'une femme gravement malade. Elle gardait les paupières closes et ses cils sombres faisaient une ombre sur ses joues blêmes. Quand elle entendit la servante approcher elle ouvrit ses yeux qui avaient le bleu profond de la mer.

— La jeune personne est ici, *señora*, déclara la servante en parlant d'une voix saccadée.

— Oui, oui, évidemment, fit la femme alitée d'une voix à peine audible.

La servante s'écarta et avança une chaise près du lit afin de permettre à Atayla de venir se placer le plus près possible de la malade. Puis elle quitta la pièce. La malade resta longtemps silencieuse. Elle demanda enfin :

— Venez-vous de la part du père Ignatius ?

— Oui, madame.

— Etes-vous de nationalité anglaise ?

— Oui, madame.

— Le prêtre m'a dit que votre père était un écrivain célèbre.

— C'est exact, madame.

— Et qu'il était mort ?

— Oui, madame.

Il y eut de nouveau un bref silence, comme si la

malade devait faire un effort pour rassembler ses souvenirs. Puis elle déclara :

— J'ai cru comprendre que vous souhaitiez regagner l'Angleterre.

— Effectivement, madame.

— Et vous emmèneriez ma fille avec vous ? Je veux qu'elle retourne auprès de son père.

— Son... père ?

Atayla n'avait pu contenir sa surprise.

— Oui, son père. Felicity devrait se trouver auprès de lui. Mon... le comte... ne veut pas d'elle, ici.

Ses hésitations apprirent à Atayla bien plus de choses que les mots eux-mêmes, et elle demanda :

— Quel âge a votre fille ?

— Huit ans. Et voici trois ans qu'elle se trouve avec moi à Tanger. Mais le moment est venu pour Felicity de rentrer... chez elle.

— Où faudra-t-il la conduire ?

La femme ne répondit pas immédiatement, comme si elle avait de la peine à prononcer certains noms :

— A Roth Castle. Son père est le comte de Rothwell ; la place de ma fille est à ses côtés.

Sa voix s'était brusquement durcie. Puis, comme si elle ne pouvait s'en empêcher, elle ajouta :

— Elle me manquera ! Elle me manquera bien plus que je ne pourrais le dire. Mais je suis malade et je crains que le comte ne lui permette pas de rentrer chez elle, si je disparais.

Ne sachant que penser, Atayla garda le silence. La femme reprit :

— Il vous faudra tenter de faire comprendre à Felicity qu'en raison de ses origines, elle doit vivre en Angleterre. Il ne lui sera guère facile de se réhabituer à un mode de vie dont elle a tout oublié et il faudra que vous l'y aidiez. Il me faut votre promesse.

— Naturellement, je vous le promets, répondit Atayla. Je ferai tout ce qui est en mon pouvoir pour l'aider.

— Se réadapter lui sera difficile, très difficile, mais je ne puis agir autrement. Je sais qu'on ne lui tiendra pas rigueur de mes péchés et qu'on ne la renverra pas. Moi, je suis damnée à jamais !

Elle parlait avec amertume, et Atayla eut l'intuition que son interlocutrice ne craignait pas le jugement de Dieu mais celui de la société.

La femme ajouta enfin :

— Vous devez l'emmener immédiatement, avant le retour du comte. Il pourrait vouloir la retenir, ce qui rendrait la situation encore plus pénible qu'elle ne l'est.

Atayla était bien étonnée, mais elle se garda de poser des questions indiscrètes. Elle attendit simplement de recevoir des instructions.

La femme demeura un moment silencieuse, puis reprit :

— Je vais vous donner de l'argent. Le voyage jusqu'en Angleterre est coûteux, et vous avez droit à un salaire.

Atayla aurait pu répliquer qu'elle ne souhaitait rien de plus que le prix de son propre billet, mais, compte tenu de la splendeur et du luxe de la chambre dans laquelle elle se trouvait, elle estima qu'elle eût été stupide de refuser ce qu'on lui offrait. Elle se rappela qu'elle devait faire preuve de réalisme, qu'elle ne possédait plus rien et qu'il lui serait indispensable de faire certaines dépenses au cours du voyage.

— Je vous remercie, madame, dit-elle à haute voix. Le père Ignatius a dû vous expliquer que mon père a été tué dans le désert par des voleurs qui nous ont dépouillés de tous nos biens. Si je dois partir pour l'Angleterre avec votre fille, je devrai m'acheter quelques vêtements.

La femme manifesta sa surprise et déclara :

— Des vêtements ? Mais cela prendra trop de temps ; je veux que vous partiez au plus tôt : demain, si possible.

— Je suis certaine de trouver ce dont j'ai besoin au marché, assura Atayla, sans grande conviction.

— Non, c'est ridicule ! Je possède tant de vêtements ! Comme vous êtes mince je suis certaine qu'ils vous iront.

Sans laisser à Atayla le temps de refuser, elle se pencha pour saisir une petite cloche d'or posée sur la table de chevet. La servante espagnole entra immédiatement, comme si elle était demeurée derrière la porte pour écouter.

— Ecoute, Mala, fit la femme. J'ai une malle pleine de vêtements qui n'ont jamais été sortis car ils ne convenaient pas au climat de Tanger.

— *Si, señora.*

— Alors, prépare-les, et rapidement ! Il faut qu'ils soient prêts demain matin à l'aube ; il serait même préférable que la voiture les porte cette nuit même à la mission où loge cette jeune femme.

— Dois-je également préparer les chapeaux et les bonnets, *señora* ?

— Ne garde rien. Cette jeune femme n'a aucun vêtement. On lui a tout volé et il va falloir la vêtir de la tête aux pieds. Est-ce bien compris ?

— *Si, señora.*

— J'ai bien trop de vêtements et voici une excellente occasion de me débarrasser du superflu. Fais-toi aider par d'autres servantes. Il n'y a pas un instant à perdre !

— Mais... madame... c'est bien trop ! s'exclama Atayla. Je ne puis accepter de tels présents.

— Ne soyez pas ridicule, fit la femme. Vous en aurez bien besoin alors que je n'aurai plus jamais l'occasion de les porter. Je vous répète d'ailleurs que vous n'aurez pas le temps de faire le moindre achat.

Elle fit une pause, avant d'ajouter :

— Je songe à présent que vous feriez mieux d'emmener immédiatement Felicity avec vous... oui... c'est préférable... et les bagages suivront dès que Mala les aura préparés.

Tout en parlant, elle agita à nouveau la cloche, d'un geste nerveux. La servante revint en hâte et sa maîtresse lui ordonna :

— Va chercher lady Felicity. Dis-lui que je veux la voir et veille à ce que tous ses vêtements soient également préparés. Tous ses vêtements, tu m'entends ? Absolument tous ! Ainsi que ses jouets, ses poupées... tout ce qui lui appartient !

La femme parlait d'une voix fiévreuse et la servante quitta rapidement la chambre. Dès qu'elles furent à nouveau seules, la malade ajouta, comme si penser à tout lui demandait un effort extrême :

— Il vous faut de l'argent !

Un petit sac à main était posé sur le lit, à côté d'elle. Elle se pencha et en sortit une clé.

— Le coffre se trouve là-bas, dit-elle. Par terre, sous cette table.

Quelque peu déconcertée, Atayla prit la clé et se dirigea vers une grande table recouverte d'une nappe que la femme désignait du doigt.

La situation était si insolite qu'elle craignait de se tromper ; puis, surmontant son étonnement, elle souleva la nappe et découvrit un gros coffre cubique.

Elle glissa la clé dans la serrure, abaissa la poignée, et la porte s'ouvrit.

— Vous trouverez un plateau sur l'étagère du haut. Apportez-le-moi, fit la femme, depuis le lit.

Atayla suivit ses instructions et nota que sur le plateau se trouvaient des rouleaux de billets marocains retenus par des élastiques, ainsi que deux enveloppes brunes semblables à celles qu'utilisent les banques pour ranger les pièces de monnaie.

— Je peux vous remettre l'équivalent de trois cents livres, déclara la malade. C'est tout ce dont je dispose pour l'instant, mais cette somme devrait largement couvrir les frais du voyage. Vous pourrez garder le reste pour vous.

— Je suis certaine que c'est beaucoup trop, estima Atayla.

— Je vous fais confiance car je sens que vous êtes honnête. Dans le train, mon enfant doit voyager en première classe et dans des compartiments réservés, et sur le bateau dans les meilleures cabines. Le chemin de fer vous conduira jusqu'à la halte de Roth Castle, dans le Yorkshire, et ensuite vous louerez une voiture pour parcourir les trois derniers kilomètres. Je compte sur vous pour agir au mieux.

— Je vous promets de respecter scrupuleusement vos instructions.

La femme tendit à Atayla les rouleaux de billets et les deux petites enveloppes brunes dont le poids la surprit. Comme elle les gardait dans ses mains, ne sachant qu'en faire, son interlocutrice reprit :

— Vous n'avez naturellement pas de sac ! Vous en trouverez un dans la commode, là-bas. Prenez-le, je vous le donne.

Tout en pensant que de telles choses ne se produisaient que dans les romans, Atayla ouvrit un tiroir et trouva un sac de cuir visiblement très coûteux et bien plus beau que tous ceux qu'elle avait possédés.

Elle revint vers le lit pour y ranger l'argent, puis retourna vers le coffre pour remettre le plateau en place et le refermer avant de rendre la clé.

Ce fut à ce moment que la porte s'ouvrit brusquement et que, sans être annoncée, une petite fille fit irruption dans la chambre.

Atayla constata qu'elle ne ressemblait pas à sa mère, bien que ses yeux fussent du même bleu profond. Ses cheveux, drus et bouclés, étaient bruns. Elle n'avait pas la complexion délicate de la femme alitée et sa robe de mousseline blanche garnie de dentelle précieuse laissait voir ses genoux potelés au-dessus de ses chaussettes de soie et de ses jolies bottines boutonnées. Elle traversa joyeusement la pièce.

— Maman ! Maman ! Allez-vous mieux ? Venez jouer avec moi dans le parc !

— Je ne peux pas, ma chérie, fit sa mère. Vous devez m'écouter, Felicity : j'ai quelque chose d'important à vous dire.

— Et moi, j'ai énormément de choses à vous raconter, maman. J'ai monté mon poney et j'ai fait une course.

La femme prit la main de Felicity dans les siennes, et l'interrompit.

— Asseyez-vous sur le lit, mon trésor, et écoutez-moi bien. Vous allez rentrer en Angleterre !

— En Angleterre, maman ?

— Oui, ma chérie. Vous irez chez votre papa.

— Je ne veux pas retourner chez papa ! s'exclama Felicity. Je veux rester ici avec vous. L'Angleterre est un pays froid et brumeux, et père affirme que tout y est triste. Il m'a dit qu'il haïssait les Anglais, et qu'il était vraiment dommage que je ne sois pas française.

— Vous êtes anglaise, Felicity, et je veux que vous vous rendiez en Angleterre pour vous faire votre propre opinion. Cette gentille jeune femme va vous y conduire. Songez à quel point il sera amusant de voyager à bord d'un gros bateau, puis de prendre le train.

Felicity inclina la tête pour envisager cet aspect du problème, puis demanda :

— Est-ce que je pourrai emmener mon poney ?

— Non, ma chérie, mais votre papa possède des douzaines de chevaux, et je suis certaine qu'il vous offrira un nouveau poney dès votre arrivée.

— J'aime celui que j'ai ici. Et père affirme que l'Angleterre est un pays horrible ! Je sais qu'avant de partir il était fâché contre moi ; il m'a même reproché de m'être conduite comme une petite Anglaise.

Le regard de la femme croisa celui d'Atayla et son expression résignée lui en apprit plus sur les sentiments du comte à l'égard de Felicity que tous les mots qu'elle aurait pu prononcer. Il était évident que la présence de la fillette l'importunait et qu'il lui était désagréable de devoir l'accueillir dans cette maison où il avait installé sa mère.

Atayla pouvait aisément comprendre que le comte souffrait de ne pas voir ses propres enfants, et qu'il lui était intolérable de vivre avec la fille d'un de ces Anglais qu'il avait en horreur.

— Voici ce que j'aimerais que vous fassiez, ma chérie : vous allez choisir les jouets que vous souhaitez emporter avec vous en Angleterre... vos poupées et, naturellement, votre ours en peluche !

Elle serra la petite main de sa fille dans les siennes, et poursuivit :

— Allez aider les servantes à les emballer soigneusement, afin que vos poupées soient à leur aise pendant le voyage ; et je sais qu'elles seront ravies de visiter le grand château dans lequel vit votre père.

Comme Felicity semblait hésiter, sa mère ajouta :

— Faites vite, sinon Mala risque d'en oublier !

L'enfant laissa échapper un petit cri, comme effrayée par cette perspective, puis elle sauta au bas du lit sans répliquer et quitta la pièce en courant.

Atayla regarda la femme et remarqua :

— Elle est adorable et je suis certaine que vous souffrirez de son absence.

— Cette séparation me brise le cœur, acquiesça la mère, mais je n'ai pas le choix : je dois la renvoyer. Le comte ne l'aime guère et sa présence rend notre situation plus pénible encore. En outre, j'ai parfaitement conscience qu'elle n'a aucun avenir dans ce pays. Lorsqu'elle sera plus âgée, elle devra occuper le rang qui lui revient dans la société anglaise.

— Vous avez encore le temps d'y penser... dit Atayla avec un sourire.

— Elle commence à s'interroger, expliqua la femme, comme si elle se parlait à elle-même. Hier, elle m'a demandé pourquoi elle avait deux pères : ce « papa », dont elle se souvient à peine, et celui qu'elle appelle *père*, et qui vit ici avec moi. Que pouvais-je lui répondre ?

— J'aimerais vous poser une question, au risque de vous paraître naïve, fit Atayla ; si votre mari est le comte de Rothwell, vous êtes la comtesse de Rothwell !

Son interlocutrice hocha la tête.

— J'ai accepté pour l'homme auprès duquel je vis de me faire appeler comtesse de Soisson, et c'est sous ce nom que je suis connue dans cette ville. Je regrette que vous ne puissiez le rencontrer, car c'est un homme charmant. Mais il éprouve pour Felicity une antipathie croissante. Même si je guéris, il lui sera de plus en plus difficile de vivre ici, et si je... meurs...

Elle n'acheva pas sa phrase, et il y eut un bref silence.

— Je conduirai Felicity en Angleterre, déclara Atayla. Comme vous l'avez dit, sa place est là-bas.

— Merci.

La comtesse regarda Atayla comme si elle la voyait pour la première fois et remarqua :

— Vous êtes très jolie et lorsque vous serez vêtue convenablement vous paraîtrez encore plus belle. Permettez-moi de vous conseiller... de ne jamais écouter votre cœur. Si vous cédez à vos passions... vous commettrez des folies que vous regretterez peut-être ensuite... comme moi... On ne peut jamais revenir en arrière !

2

Lorsque, le lendemain matin, Atayla quitta la mission en compagnie de Felicity, elle ne pouvait croire à la réalité de ce départ. Les événements s'étaient succédé à un tel rythme depuis l'attaque dont elle avait été victime qu'elle avait du mal à comprendre ce qui lui arrivait. Pourtant elle estimait que malgré la faiblesse consécutive à sa blessure elle avait fait preuve d'efficacité quand elle s'était trouvée dans la villa du comte de Soisson.

Après que la comtesse eut donné l'ordre de faire préparer les bagages et que Felicity les eut laissées, Atayla lui avait déclaré :

— Madame, il me semble que je devrais descendre annoncer au père Ignatius que je quitterai demain la mission ; je dois aussi le prévenir que lady Felicity y dormira ce soir.

— Oui, naturellement. Je réfléchirai pendant ce temps à ce dont vous pourriez encore avoir besoin.

— Merci, madame.

Elle avait quitté la chambre et redescendu le grand escalier blanc pour aller retrouver le père Ignatius, qui était resté assis à la même place.

On avait servi au prêtre le verre de thé à la menthe offert au Maroc à chaque visiteur qui pénétrait dans une maison particulière ou même dans une boutique. Souvent même ce thé était accompagné de friandises à base d'amandes et de miel, ou de petits gâteaux à la noix de coco.

Atayla vint rejoindre le missionnaire et la servante lui apporta un verre de thé à la menthe. Elle en but immédiatement une gorgée, car son entrevue avec la comtesse lui avait donné soif.

— Mangez, mon enfant, dit le père Ignatius en poussant vers elle le plateau de pâtisseries.

Atayla ne se fit pas prier pour y goûter, et elles lui parurent délicieuses après le déjeuner frugal dont elle avait dû se contenter à la mission.

— J'ai tant de choses à vous apprendre ! s'exclama-t-elle lorsqu'elle put reprendre sa respiration. Je ne sais pas par quoi commencer.

Le père Ignatius sourit.

— Je pense que la comtesse vous a demandé de conduire sa fille en Angleterre sans plus attendre.

— C'est exact.

— Elle craint sans doute de ne pas avoir la force de faire face aux difficultés qui ne manqueront pas de surgir, si l'enfant ne part pas avant le retour du comte, déclara le prêtre.

— Elle voudrait que lady Felicity quitte cette maison avec nous, maintenant.

Le père Ignatius hocha la tête, comme si cette exigence ne le surprenait pas, et Atayla estima qu'il connaissait la situation bien mieux qu'il n'avait voulu l'admettre.

— Et la comtesse s'est montrée fort généreuse en me donnant les vêtements qui me seront nécessaires quand je vivrai en Angleterre, ajouta-t-elle avec un certain embarras. Je lui ai expliqué que les voleurs m'avaient dépouillée de tout ce que je possédais.

— Voilà un geste qui facilite bien les choses, reconnut le père Ignatius. Je me rends parfaitement compte que ce que vous portez actuellement ne serait guère approprié à une telle expédition.

Atayla le considéra avec surprise : une lueur malicieuse brillait dans les yeux du prêtre.

Ce n'était pas la première fois, depuis son arrivée à la mission, qu'il lui venait à l'esprit que l'expérience du père Ignatius ne se limitait pas au domaine spirituel.

Elle posa la confiserie qu'elle tenait entre ses doigts pour déclarer :

— J'y pense soudain... les domestiques rangent les vêtements que la comtesse m'a donnés dans des malles, mais je n'aurai jamais le temps de défaire ces bagages pour prendre une tenue convenable pour le voyage. Ne devrais-je pas aller demander à la servante de mettre dans une valise séparée ce dont j'aurai besoin ?

— Voilà qui me paraît être fort judicieux, admit le père Ignatius.

Atayla se leva et remonta l'escalier. Elle s'arrêta

sur le palier et tendit l'oreille dans l'espoir d'entendre des bruits de voix qui lui permettraient de trouver la femme de chambre et les servantes sans avoir à déranger la comtesse. Effectivement elle perçut une rumeur qui provenait d'une pièce située non loin de la chambre de la comtesse. Elle poussa une porte et trouva Mala et trois autres domestiques occupées à sortir des robes de plusieurs penderies murales et à les plier dans de grandes malles de cuir.

Atayla ne pouvait croire que tous ces vêtements lui étaient destinés. Les servantes se tournèrent vers elle et Mala lui demanda :

— Est-ce moi que vous cherchez, *señorita* ?

— Oui. Je voulais vous suggérer de mettre une robe et un manteau de voyage dans un bagage séparé. Si les malles arrivent à la mission pendant la nuit, je n'aurai pas le temps de les ouvrir avant le départ.

— *Si, si, señorita*, j'aurais dû y penser, fit Mala de mauvaise grâce, comme si l'intervention d'Atayla mettait en cause son efficacité de femme de chambre.

Elle donna quelques ordres brefs en espagnol aux autres domestiques, et se tourna vers Atayla.

— Ne vous tourmentez pas, *señorita*, nous ferons le nécessaire : comme vous n'avez pas d'autre bagage, je placerai dans une valise séparée tout ce dont vous aurez besoin pendant le voyage. Vous n'aurez pas à ouvrir vos malles avant d'être arrivée à destination.

— Je vous en suis très obligée, remercia Atayla. C'est très aimable de votre part.

Comme elle s'apprêtait à quitter la pièce, la servante laissa échapper un petit cri :

— Attendez, *señorita*, attendez ! Il y a un petit problème. Pouvez-vous essayer une paire de chaussures appartenant à la *senoro*, pour vous assurer que sa pointure correspond à la vôtre ?

Elle fit claquer ses doigts et une des femmes de chambre apporta une élégante paire de chaussures en chevreau. La jeune fille ôta les pauvres ballerines de cuir usé qu'on lui avait trouvées à la mission et glissa ses pieds dans les escarpins de la comtesse. Ils lui parurent un peu justes, mais elle attribua sa gêne à la chaleur et à l'habitude qu'elle avait prise de ne porter que des souliers très larges.

Mala tendit les mains pour exprimer son ravissement.

— Voilà qui règle le problème, fit-elle. Je craignais que la *señorita* ne doive marcher nu-pieds car la *señora* a de très petits pieds.

— Ces escarpins sont ravissants, commenta Atayla. Je vous remercie encore de toute la peine que vous prenez.

Il lui sembla que les servantes étaient heureuses qu'elle ne fût pas indifférente à leurs efforts. Puis, gênée d'être l'objet de tant d'attentions, elle se hâta de redescendre auprès du père Ignatius.

— J'ai songé que, si la comtesse veut vous voir partir demain, vous devrez prendre le bateau de Gibraltar, déclara-t-il, comme elle s'asseyait. Il lève l'ancre très tôt et la traversée dure quatre heures.

— La comtesse a insisté pour que lady Felicity dispose d'une cabine à bord des navires que nous prendrons, et d'un compartiment de première classe dans le train.

— Je vais voir comment nous pouvons arranger cela, promit le père Ignatius. J'espère que la somme qu'elle vous a remise vous permet de faire face à de telles dépenses.

— Elle s'est montrée très généreuse.

— C'est un voyage coûteux, et vous devrez sans doute passer une nuit à Londres, avant de prendre un train qui vous conduira dans le nord de l'Angleterre.

Cette perspective inquiéta Atayla.

— Pendant mon dernier séjour à Londres avec maman et papa, fit-elle, nous habitions chez des particuliers. Je ne connais pas d'hôtel qui convienne à lady Felicity.

— Je réglerai ces détails, affirma le père Ignatius. Un de mes amis s'occupe des touristes qui passent par Tanger, et il organise leurs voyages non seulement au Maroc, mais également en Europe.

Atayla soupira de soulagement avant d'avouer :

— La fille de Gordon Lindsay ne devrait pas s'affoler. Mais, comme vous le savez, j'ai bien plus l'habitude des dromadaires que des trains, et des boutres que des bateaux à vapeur !

Le père Ignatius se mit à rire.

— C'est exact, mais vous êtes une fille pleine de bon sens et je suis certain que vous vous montrerez digne de la confiance qu'on vous fait.

— Je m'y efforcerai, en tout cas.

Tout naturellement elle s'en était remise à son père pour organiser leurs périples à travers le désert. Quand ils ne dormaient pas sous la tente, le choix des hôtels dans les villes indigènes n'était d'ailleurs pas très étendu.

Ce n'est qu'une fois rentrée à la mission où les ramena la voiture du comte qu'Atayla ressentit quelque fatigue et se montra inquiète pour l'avenir.

Les adieux de la comtesse et de Felicity avaient été émouvants. La mère ne put retenir ses larmes en étreignant la fillette qui pleura à son tour.

— Tu ne m'oublieras pas, ma chérie ? Promets-moi de ne pas m'oublier, sanglotait la comtesse.

Mais malgré les larmes qui roulaient sur ses joues Atayla restait fascinée par son extraordinaire beauté.

Enfin, la jeune fille s'était décidée à prendre la main de Felicity pour la guider vers la porte ; elle s'était retournée une dernière fois vers la comtesse allongée sur les oreillers, et sa pâleur lui avait fait craindre qu'elle ne perdît connaissance.

— Je ne... veux pas partir... maman, s'était écriée Felicity. Je veux... rester ici avec mon... poney.

— Vous aurez un poney en Angleterre, avait assuré Atayla. Et pensez à la chance que vous avez de faire un voyage à bord d'un grand navire !

Ses paroles rassurantes n'avaient pas calmé Felicity qui pleura pendant tout le trajet entre la villa et la mission en répétant qu'elle voulait rester auprès de sa mère.

Atayla redoutait surtout l'accueil qu'allait leur faire Mme Mansur qui serait probablement mécontente d'apprendre que le père Ignatius ramenait une nouvelle pensionnaire à la mission.

Mais l'annonce du départ d'Atayla fixé au lendemain ravit à tel point la gouvernante qu'elle s'empressa d'aller préparer un lit pour Felicity, sans faire la moindre remarque. Le dîner fut bien meilleur que tous ceux qui avaient été servis à Atayla depuis qu'elle était suffisamment remise pour pouvoir prêter attention à la nourriture.

La voiture qui devait apporter les bagages n'était toujours pas arrivée à la fin du repas et Atayla se demandait quelle serait la réaction de Felicity si elle était obligée de mettre une chemise informe coupée dans un épais calicot pour se coucher. Mais comme elle se levait de table, on frappa à la porte. Mme Mansur alla ouvrir et elle poussa un cri en découvrant les malles déposées sur le seuil.

Atayla regarda le père Ignatius qui se trouvait de l'autre côté de la table.

— Je suppose que les bagages ont dû arriver.

Les lèvres du prêtre esquissèrent un vague sourire et il répondit :

— Je crains que Mme Mansur ne se sente dépassée par les événements. Faites monter l'enfant, je m'occuperai du reste.

Atayla obéit et, tout en montant l'escalier étroit aux degrés usés, elle vit les domestiques de la comtesse porter à l'intérieur de grosses malles de cuir. Elle devina que ce serait pour elle un souci supplémentaire au cours du voyage. Et en effet, le lendemain matin, après une nuit peu reposante au cours de laquelle elle avait eu de grandes difficultés à trouver le sommeil, elle demeura fort perplexe devant les bagages qui emplissaient le petit vestibule et empiétaient même sur la pièce qui servait de salle d'attente pour les visiteurs qui avaient rendez-vous avec le père Ignatius.

C'étaient de toute évidence des bagages de prix. Certaines malles avaient des couvercles de cuir repoussé, parfois retenus par de larges courroies. Atayla frémit de plaisir en constatant qu'il y avait également un grand nombre de cartons à chapeaux. Elle essaya toutefois de repérer la valise dans laquelle Mala avait promis de ranger les effets indispensables pour le voyage.

Elle remarqua une malle moins volumineuse que les autres dont le fermoir était orné d'une couronne. Elle supposa qu'elle était de fabrication anglaise et qu'elle devait faire partie des bagages emportés par la comtesse lorsqu'elle avait quitté le comte de Rothwell.

Elle tira la malle à l'écart des autres bagages. Elle

se demandait comment elle allait pouvoir la monter au premier étage, lorsqu'un des collaborateurs du père Ignatius sortit du cabinet de travail.

Il s'agissait d'un jeune prêtre français plein de zèle qui évitait de regarder Atayla chaque fois qu'il était en sa présence comme s'il craignait de succomber à la tentation.

— Auriez-vous l'amabilité de monter cette malle au premier ? s'empressa-t-elle de demander avant qu'il ne pût s'enfuir. Ce bagage est trop lourd pour moi, et je préférerais éviter de déranger le père Ignatius.

— Oui, bien sûr, affirma le jeune prêtre.

Il souleva la petite malle sans difficulté et monta l'escalier en hâte. Atayla sourit à l'idée qu'il semblait avoir le diable aux trousses.

Elle avait trouvé sur la petite malle une étiquette portant l'inscription *Pour le voyage*, et elle remarqua une indication semblable sur l'un des cartons à chapeaux.

Elle s'en saisit et s'élança dans l'escalier, à la suite du prêtre.

Il avait déjà déposé le bagage dans la chambre, d'où il sortit en détournant les yeux avant de redescendre précipitamment l'escalier. Il avait presque atteint la porte d'entrée lorsqu'elle lui cria :

— Merci, merci !

Il murmura quelques paroles trop confuses pour qu'elle pût en saisir le sens, puis la porte de la mission claqua derrière lui.

Atayla éclata de rire : elle avait peine à croire qu'on puisse la considérer comme un démon tentateur !

Puis, avec une impatience fébrile, elle défit les courroies de la malle et repoussa le couvercle.

Quelques minutes plus tard, elle considéra sa nouvelle image dans le miroir et laissa échapper une exclamation de surprise. Elle avait du mal à reconnaître la jeune fille mal habillée qui était entrée la veille dans la villa de la comtesse en compagnie du père Ignatius.

Elle avait presque la même taille que la mère de Felicity et la robe semblait avoir été faite pour elle. En femme de goût Atayla jugea qu'un vêtement aussi élégant n'avait pu être fabriqué qu'à Paris. Il était coupé dans une soie bleue, de la nuance exacte des yeux de la comtesse ; la robe était complétée par une petite veste qui s'arrêtait à la taille, et par une longue cape bordée de zibeline dont la splendeur laissa la jeune fille muette d'admiration.

« Comment a-t-elle pu se défaire d'un vêtement aussi coûteux ? » se demanda Atayla.

Elle explora le contenu de la malle et trouva des sous-vêtements bordés de dentelle, d'un raffinement extraordinaire. Elle enfila un jupon de soie qui se mit à bruire comme le vent dans les arbres. Une chemise de nuit, un négligé et des pantoufles assorties, ornées de duvet de marabout, complétaient ce trousseau.

Mais elle arrêta là son exploration car elle avait conscience que les minutes s'écoulaient et qu'elle devait aller réveiller Felicity et la préparer pour le long voyage.

La veille au soir, en ouvrant la valise que le père Ignatius avait montée, Atayla avait été heureuse de constater que la chemise de nuit de la fillette et sa jolie petite robe de chambre bordée de dentelle étaient pliées sur le dessus. Elle avait également trouvé un manteau assorti à la robe que l'enfant portait pour quitter la villa, et avec laquelle elle était censée voyager.

Avant d'aller habiller l'enfant, elle ouvrit toutefois le carton à chapeaux d'où elle sortit une petite toque de la même soie que la robe et uniquement garnie de voiles.

Ce chapeau lui sembla si élégant qu'elle jugea utile de modifier sa coiffure. Elle brossa ses cheveux en arrière afin de dégager le front et les noua en chignon bas sur sa nuque ; cette coiffure lui parut mieux appropriée, même si, d'après ses souvenirs, elle n'était pas à la mode. Ce qu'elle ignorait, c'est que, de l'autre côté de l'Atlantique, Dana Gibson avait lancé pour les femmes américaines une nouvelle mode qui allait gagner l'Angleterre et la France.

Elle ne put s'empêcher de penser, en considérant le miroir, qu'elle se trouvait face à une étrangère : la jeune femme qu'elle voyait ressemblait à celles que sa mère appelait des « ladies » ; elle fut surprise de sa propre séduction.

Elle dut cependant s'arracher à sa contemplation car le temps pressait ; elle se précipita dans l'autre chambre pour éveiller Felicity.

Deux voitures de location avaient été nécessaires pour charger tous les bagages. Sur le trajet entre la mission et les quais les passants admiraient ces véhicules, encore rares à Tanger.

Atayla se sentit brusquement angoissée à l'idée de quitter ce pays qui lui était si familier et dans lequel elle avait passé tant d'années de sa vie.

Elle connaissait si peu l'Angleterre ! Elle avait surtout parcouru les déserts et fréquenté les tribus nomades qui y vivaient. Auprès de son père elle avait appris à aimer les villes du Maroc, avec leurs rues étroites et leurs enceintes fortifiées aux portes closes pendant la nuit.

« Tout me sera étranger, en Angleterre. Je ferais mieux de rester ici », se dit-elle.

Mais tout aussitôt elle se rappela l'hostilité de Mme Mansur, et force lui fut d'admettre que, dans aucun pays d'Afrique du Nord, une jeune femme sans attaches ni protection ne serait bien accueillie. Elle savait qu'on ne lui proposerait aucun travail qui lui permît d'y vivre décemment.

« Je suis une nomade, une errante sans racines », pensa-t-elle avec une certaine amertume.

Puis elle se sentit honteuse de ce moment de faiblesse et songea qu'elle devait être reconnaissante au ciel de lui avoir donné l'occasion de se sortir d'une situation quasi désespérée.

Elle tendit la main au père Ignatius.

— Mon père, je veux vous remercier, non seulement de la grande gentillesse dont vous avez fait preuve en me soignant et en me rendant la santé, mais aussi de m'avoir permis de regagner l'Angleterre dans d'aussi bonnes conditions.

— Dieu a exaucé mes prières, répondit simplement le missionnaire. Mon enfant, il est écrit que vous retournerez dans votre pays natal, cette Angleterre qui est votre vraie patrie, même s'il vous semble au début être en terre étrangère.

Ces simples paroles prouvaient à Atayla qu'il avait lu dans ses pensées et pleinement pris conscience des craintes qu'elle tentait de lui dissimuler.

« Si je suis trop malheureuse, il me sera toujours possible de revenir », pensa-t-elle.

Mais elle savait qu'elle se mentait à elle-même : elle serait contrainte d'accepter sa nouvelle existence dans la famille de son père, si toutefois elle parvenait à la retrouver.

Une vive excitation régnait sur les quais au moment

de l'embarquement. Atayla fut soulagée d'apprendre que l'ami du père Ignatius était parvenu à leur réserver une cabine particulière malgré le grand nombre de passagers.

Il leur avait également procuré des billets de première classe pour le train qui les emmènerait de Gibraltar à Calais, via Madrid.

— Vous devrez changer de train à Madrid, expliqua-t-il à Atayla. Et, dès votre arrivée, vous vous rendrez au guichet des réservations pour consulter les horaires des trains et retenir un compartiment. Les employés vous indiqueront la façon la plus simple et la plus rapide de gagner l'Angleterre.

— Merci, je suivrai vos conseils, répondit Atayla.

— Vous devrez peut-être prendre un navire en partance du Havre plutôt que de Calais, ajouta-t-il. Mais je ne disposais pas d'informations suffisantes pour en décider d'avance.

Atayla espérait, sans trop y croire, que l'entreprise serait aussi aisée qu'il tentait de la faire paraître.

Puis elle se dit que son appréhension était ridicule : avec son père, elle avait parcouru des milliers de kilomètres dans le désert et il n'y avait pas de raison pour qu'elle et Felicity se perdent au cours d'un simple voyage à travers l'Europe.

Cependant, il lui fut pénible de faire ses adieux au père Ignatius car il était pour elle le dernier lien avec sa vie passée. Elle eut l'impression qu'elle s'engageait seule pour la première fois sur une piste mal connue, sans un guide et sans même une boussole.

— Que Dieu vous bénisse, mon enfant, et qu'il vous protège, lui déclara le père Ignatius. Si vous vous trouvez dans l'embarras, priez, et Dieu vous assistera.

Puis il regagna le quai et Atayla et Felicity lui

adressèrent de grands gestes d'adieu, pendant que les moteurs du navire commençaient à tourner et que le bâtiment s'écartait lentement vers le large.

Felicity exprima le désir de faire le tour du pont, mais il y avait trop d'affluence et Atayla parvint à l'en dissuader. Elles se réfugièrent dans leur cabine.

— Nous avons une petite maison pour nous toutes seules, dit-elle. Allons nous asseoir et nous mettre à notre aise. Et si vous désirez boire ou manger quelque chose, je trouverai un steward qui viendra vous servir.

L'enfant était très agitée. Atayla lui parla des voyages qu'elle avait faits avec son père et lui raconta l'épisode où leur boutre s'était encalminé au centre d'un grand lac. Felicity l'écouta, puis lui réclama d'autres histoires.

Bien que ce fût un excellent moyen de la distraire et de l'inciter à se tenir tranquille au cours de ce voyage qui s'annonçait extrêmement long et éprouvant, Atayla se lassa d'entendre le son de sa propre voix et manifesta son intention de dormir.

Pendant ces journées déprimantes son seul réconfort fut de pouvoir manger à satiété ; le plaisir qu'elle prit à acheter des provisions en abondance dans les gares l'empêcha de céder au découragement. La nourriture lui avait été si maigrement comptée par Mme Mansur qu'elle se gava de fruits en Espagne, puis quand elles traversèrent la France de tartes et de pâtisseries qui lui parurent succulentes.

Elle découvrit que Felicity était une petite fille très intelligente, qui faisait parfois preuve d'une maturité exceptionnelle pour son âge.

Peu après leur départ, elle déclara à Atayla :

— Lorsque père rentrera à la maison, il sera surpris de ne pas m'y trouver.

— Voilà qui ne fait aucun doute.

— Il en sera également heureux, ajouta Felicity. Il ne m'aime pas. Pourquoi ne m'aime-t-il pas ?

— Je suis certaine que vous vous trompez, rétorqua vivement Atayla. Il vous aime, mais il se fait un devoir de vous adresser des reproches chaque fois que vous agissez mal.

Felicity secoua la tête, faisant danser ses boucles brunes sur ses joues.

— Non, il ne m'aime pas. Et Mala dit que c'est parce qu'il déteste mon papa.

Comme Atayla ne savait que répondre, Felicity ajouta :

— J'ai deux pères ! La plupart des petites filles n'en ont qu'un, mais moi j'en ai deux.

— En ce cas, vous avez beaucoup de chance. Mon père est mort, et je suis seule. Il me manque beaucoup.

Cette remarque détourna l'attention de Felicity qui oublia son triste sort.

— Pourquoi votre père est-il mort ?

Atayla lui raconta l'attaque des voleurs dans le désert ; l'enfant écouta son récit, fascinée.

— Et ils ont voulu vous tuer, vous aussi ? demanda-t-elle.

Atayla hocha la tête.

— Ils ont cru que j'étais morte. Mais Dieu a voulu que je vive, peut-être pour que je sois utile à quelqu'un et que je vous ramène en Angleterre.

Felicity médita sur cette réponse pendant quelques instants, puis déclara :

— C'est un drôle de moyen de me choisir une gouvernante ; parce que maman a dit que vous seriez ma gouvernante, et que vous m'apprendriez beaucoup de choses sur l'Angleterre.

— J'aimerais en être capable, avoua Atayla. Mais je n'y suis pas retournée depuis si longtemps que c'est peut-être vous qui allez me servir de professeur !

Felicity parut amusée.

— Je me souviens de beaucoup de choses, et je pourrai vous aider.

Lorsqu'elles atteignirent Calais, Atayla avait l'impression que ce voyage avait duré des semaines. Il était déjà tard et comme elles devaient embarquer tôt le matin, Atayla ne jugea pas utile de prendre une chambre dans un hôtel. Elles dormirent donc assez inconfortablement dans la salle d'attente des dames.

Qu'Atayla eût insisté pour réserver un compartiment leur valut d'être traitées avec respect. Les porteurs qui connaissaient la valeur de leurs bagages et qui étaient impressionnés par leur nombre avaient la même réaction et ils n'étaient que trop empressés d'offrir leurs services chaque fois qu'elles changeaient de train.

La traversée de la Manche fut très paisible et certainement bien moins pénible qu'un déplacement à dos de dromadaire, pensa Atayla avec un sourire.

Elle persuada cependant Felicity d'aller s'allonger dans sa cabine ; elle craignait qu'elle ne fût victime du mal de mer, et fut grandement soulagée de la voir s'endormir.

A Londres, Atayla apprit que les trains à destination du nord du pays partaient d'une autre gare. Felicity était lasse et elle avait faim ; Atayla ne perdit pas de temps à se renseigner sur l'horaire des trains en soirée et préféra demander au chef de gare qui se tenait sur le quai de leur indiquer un hôtel calme et respectable. Il considéra les vêtements élégants d'Atayla et affirma sans hésiter qu'elles seraient satisfaites du *Brown's Hotel*, dans Dover Street. Atayla suivit son conseil et s'y rendit en voiture ; mais en réglant la note le lendemain matin, elle fut horrifiée par les prix pratiqués.

Elle engloutissait rapidement l'argent que la comtesse lui avait remis en généreux pourboires qu'elle se sentait obligée de donner. Elle avait d'ailleurs découvert que le cours du franc marocain était extrêmement bas, face aux monnaies européennes.

Si elle estimait disposer d'une somme suffisante pour aller jusqu'à Roth Castle, il lui apparaissait évident qu'il ne lui resterait plus grand-chose ensuite. A la fin du voyage elle se retrouverait aussi démunie qu'à Tanger.

Mais le *breakfast*, très copieux, servi au *Brown's Hotel* dissipa ses inquiétudes, et elle apprécia la suggestion du gérant qui lui conseillait, en raison de la longueur du trajet qui les attendait, d'emporter un repas froid. Elle le compléterait en cours de route par des paniers repas qu'elle se procurerait dans les principales gares où le train s'arrêterait.

Bien que toutes ces propositions alléchantes grevassent encore son budget, elle n'y résista pas.

Il les fit accompagner jusqu'au train par un chasseur qui se chargea de leur réserver un compartiment et de commander les paniers repas, et il lui fallut naturellement le récompenser à son tour.

Lorsque le train s'ébranla, Felicity déclara :

— J'en ai assez de voyager. Je veux chevaucher mon poney au soleil !

Atayla aussi aurait aimé cela, mais il n'y avait plus de soleil, seulement des nuages sombres et des rafales de vent chargées de pluie qui venaient s'écraser contre la fenêtre.

Vents de mars et pluies d'avril
Font naître les fleurs de mai

avait écrit Browning ; on n'était pas encore en mai et la seule certitude qu'elle avait c'était qu'en Angleterre avril était vraiment un mois imprévisible.

Depuis qu'elles avaient laissé Gibraltar derrière elles, Atayla avait apprécié son manteau de voyage, même si elle avait peine à croire qu'elle, Atayla Lindsay, pouvait porter un vêtement garni de zibeline. Elle avait conscience que jamais son père n'aurait pu lui offrir un vêtement de ce prix avec ce que lui rapportaient ses écrits.

Le manteau de Felicity était chaudement doublé, avec un col et des poignets de velours, et elle avait trouvé dans sa valise une petite pèlerine d'hermine blanche avec des queues noires, et un manchon assorti. Lorsque Atayla l'avait sortie, Felicity s'était exclamée :

— On me l'avait offerte quand j'étais toute petite, mais je n'en ai jamais eu besoin, à Tanger.

— Evidemment ; mais vous serez heureuse de porter cette fourrure en Angleterre, où il peut faire frais même au printemps.

— Est-ce le cas, maintenant ? s'enquit Felicity. Père a raison, ce pays est triste et laid, et je veux rentrer à la maison.

Atayla, elle aussi, eût aimé pouvoir regagner le Maroc, mais il était inutile d'exprimer ses pensées à haute voix ; elle tenta de détourner l'attention de Felicity vers un autre sujet.

A bord de l'Edimburg Express, Atayla apprit qu'elles atteindraient la halte de Roth Castle aux environs de 5 heures de l'après-midi. C'était cependant une estimation optimiste, car après deux arrêts prolongés en gare, lorsqu'elle se renseigna, elle découvrit que le train avait déjà une heure de retard.

Il était inutile de se plaindre et le voyage s'éternisait. Il était plus de 6 heures, lorsque le train s'immobilisa finalement le long d'un quai sur lequel un panneau annonçait : *HALTE DE ROTH CASTLE.*

Le chef de gare se précipita vers la porte du compartiment pour les aider à descendre ; il n'y avait qu'un seul porteur, un homme d'un certain âge qui mit un temps infini à sortir tous leurs bagages. Sa tâche achevée, le vieil homme les fixa d'un air apathique.

— Z'allez au château, milady ? demanda-t-il à Atayla. Y'a pas d'voiture qu'est venue vous chercher.

— J'aimerais en louer une, déclara la jeune fille.

L'homme repoussa sa casquette en arrière et se gratta la tête...

— C'est trop tard pour ça, et personne nous a avertis qu'des visiteurs arrivaient.

— Nous devons nous y rendre, insista Atayla, d'une voix angoissée. Et cette petite fille est très lasse. Nous venons de faire un très long voyage.

— Est-ce que Sa Seigneurie vous attend ?

Cette question la prit au dépourvu. Elle estima, toutefois, qu'il ne serait pas judicieux de répondre par la négative et elle répliqua :

— Je l'espère. A moins que le courrier n'ait eu du retard, ce qui est fort possible.

Cette explication était tout à fait plausible, et Atayla pensa que le porteur s'en contenterait.

— Ben, asseyez-vous, dit-il. J'vais voir c'que j'peux faire pour vous.

— Je suis fatiguée, se plaignit Felicity. Et je veux aller au château.

— Patientez encore un peu, fit Atayla, le temps de trouver une voiture pour nous y conduire.

— Pourquoi personne n'est venu nous attendre ?

Le ton de Felicity indiquait clairement que ce manque d'égards l'offensait, et Atayla sourit en pensant que les enfants s'accoutument facilement au luxe, qu'ils considèrent vite comme un dû.

Un vent froid soufflait sur la campagne et elles se réfugièrent dans une minuscule salle d'attente. Atayla alluma le feu préparé dans la petite cheminée.

Le bois était humide et les efforts qu'elle déploya pour le faire partir amusèrent Felicity. Mais la jeune fille ne pouvait s'empêcher de penser que sa tenue était mal adaptée à ces tâches et elle prit grand soin de ne pas salir les magnifiques gants en daim que Mala avait préparés pour le voyage.

Ses vêtements étaient légèrement froissés et ils n'étaient plus aussi impeccables qu'au départ de Tanger, mais Atayla estimait qu'elle était encore très élégante. Elle attachait d'autant plus d'importance à son apparence qu'elle souhaitait faire bonne impression sur le comte, afin d'être admise à rester au château en tant que gouvernante de Felicity.

Cette solution lui était apparue la meilleure au cours du voyage et il lui fallait essayer de convaincre le comte qu'il n'avait aucun intérêt à engager une autre personne pour veiller sur l'éducation de sa fille. Elle ne pensait d'ailleurs pas qu'il lui serait possible de trouver rapidement quelqu'un pour la remplacer.

Elle savait en effet que lorsqu'elle aurait donné un pourboire au porteur et réglé la location de la voiture qui les conduirait au château, il ne lui resterait plus qu'une ou deux livres sur la somme que lui avait remise la comtesse.

« Je dois gagner un peu d'argent, se dit-elle avec détermination. Cela me permettra de faire ensuite ce que je voudrai. »

Elle n'ignorait certes pas que sa position serait inconfortable, mais elle espérait malgré tout que le comte accepterait ses services et lui donnerait un salaire généreux.

Le feu avait enfin pris et Felicity se réchauffait les mains, lorsque le porteur revint.

— J'vous ai trouvé une voiture, milady, dit-il. Mais c'est bien parc'que vous allez au château. J'ai réussi à convaincre Jim Roberts d'vous y conduire. Savez, c'est pas un gars à ressortir son cheval après l'avoir rentré pour la nuit.

— Je vous en suis très reconnaissante, assura Atayla.

Elle ne pourrait éviter dans ces conditions de doubler le pourboire qu'elle avait eu l'intention de remettre au porteur, car Jim Roberts s'y attendait certainement.

Lorsqu'il arriva, dans un vieux coupé d'où émanait une odeur de foin, de cheval et de cuir, il fut épouvanté par le nombre de bagages à transporter.

— J'peux pas prendre tout ça à bord ! déclara-t-il d'un ton catégorique.

— Vous n'aurez qu'à faire deux voyages, suggéra Atayla. S'il est possible de mettre quelques malles en lieu sûr pour la nuit, elles pourront attendre demain matin.

Cet accommodement parut satisfaire Jim Roberts qui, avec l'aide du porteur, empila près de la moitié des malles à l'avant et à l'arrière du coupé, à l'intérieur duquel prirent place les cartons à chapeaux ; Atayla et Felicity se serrèrent sur le petit siège restant.

Lorsque le véhicule s'ébranla finalement, Atayla craignait presque que les chevaux n'eussent pas la force de le tirer, mais ils y parvinrent. Seules quatre grosses malles restèrent sur place, que Jim Roberts promit de revenir chercher le lendemain.

La nuit était tombée et le cocher avait allumé les lanternes de chaque côté de la voiture.

— Il faudra me faire visiter le château, si vous vous en souvenez, dit Atayla. Car je ne l'ai jamais vu.

— J'ai oublié à quoi il ressemble, répliqua sèchement l'enfant.

— Mais vous n'avez pas oublié votre père ?

Felicity réfléchit quelques minutes, puis déclara :

— Papa était méchant avec maman. Il criait et elle pleurait.

Atayla cherchait une réplique possible quand Felicity ajouta :

— Alors, maman est partie avec moi pour retrouver père. Il a été très, très content de voir maman, et il ne s'est jamais emporté contre elle.

Atayla préféra mettre un terme à ces confidences en revenant à des questions plus anodines.

— Parlez-moi du château. Est-il très ancien ?

— J'ai froid. Je veux retourner vers le soleil ! Je veux ma maman ! s'exclama la petite fille.

Sa voix tremblait et Atayla s'aperçut qu'elle était au bord des larmes ; elle la prit dans ses bras.

— Serrez-vous contre moi, dit-elle ; je vous tiendrai chaud. Je vais vous raconter comment, avec mon père, j'ai fait autrefois la connaissance d'énormes crocodiles, des créatures effrayantes !

Quand Atayla termina son récit ils franchissaient un énorme portail flanqué de pavillons de garde crénelés semblables à des châteaux en miniature.

Ils suivirent ensuite une longue allée obscure bordée d'arbres ; enfin, dans le lointain, apparurent des lumières.

Brusquement, le rideau d'arbres s'interrompit et Atayla découvrit Roth Castle.

C'était une immense bâtisse fort impressionnante,

avec une énorme tour ronde d'un côté et des tourelles se découpant contre le ciel.

— Nous sommes arrivées, déclara joyeusement Atayla. Et voyez comme votre château est ravissant !

Comme elles en approchaient, elle estima que « ravissant » n'était peut-être pas le terme approprié, car il y avait dans cette demeure quelque chose de lourd, de sombre et de menaçant, qui suscita en elle un sentiment d'effroi.

Puis elle se reprocha cette réaction ridicule qu'elle mit sur le compte de la fatigue et de l'obscurité ambiante. Elle constata d'ailleurs que seules deux fenêtres étaient éclairées, ainsi qu'une lanterne au-dessus de l'arc gothique de la grande porte d'entrée.

Les chevaux, fourbus, s'arrêtèrent ; Atayla resta immobile, dans l'espoir que les serviteurs du château qui avaient dû apercevoir la voiture viendraient ouvrir la porte. Mais rien de tel ne se produisit. Jim Roberts descendit du véhicule et gravit avec lenteur les marches du perron. Il tira sur la chaîne d'une cloche de fer, à côté de la porte, et attendit un très long moment qu'on vînt répondre à son appel, tout en battant la semelle comme s'il avait froid.

Atayla jugea plus sage de descendre à son tour. Elle ouvrit la porte du véhicule, et s'adressa à Felicity :

— Venez, ma chérie. Vous allez pouvoir entrer et vous mettre au chaud.

Elle prit l'enfant par la main, monta l'escalier en direction d'un majordome âgé qui venait d'apparaître sur le seuil et fixait avec stupéfaction les bagages que transportait le coupé.

— Le comte de Rothwell est-il chez lui ? demanda Atayla.

Alors même qu'elle posait cette question, elle prit brusquement conscience de l'embarras qui serait le sien s'il était absent et que le personnel refusait de les recevoir.

Mais, à son grand soulagement, le majordome répondit :

— Sa Seigneurie est au château, madame, mais je ne crois pas qu'elle attende de visiteurs.

— Non, mais il est extrêmement important qu'elle nous reçoive, répliqua Atayla.

— Sa Seigneurie vous recevra seulement si vous avez un rendez...

Il ne put achever sa phrase, car Atayla l'interrompit.

— Pouvez-vous aller annoncer à Sa Seigneurie que je lui ramène sa fille, lady Felicity Rothwell ?

Le majordome la fixa, sidéré, puis abaissa le regard vers la petite fille, avant de dire sur un ton totalement différent :

— Eh bien, Mademoiselle a beaucoup grandi depuis son départ !

— J'ai huit ans, précisa Felicity, et je me souviens des étendards.

Elle désigna du doigt un point au-dessus de l'énorme cheminée de pierre médiévale où de vieux étendards saillaient du mur.

— Naturellement, fit le majordome. Mademoiselle voulait toujours jouer avec eux, mais si elle les avait touchés ils seraient tombés en poussière.

— Et pourquoi seraient-ils tombés en poussière ? demanda Felicity.

— Parce qu'ils sont vieux, très vieux, Mademoiselle, expliqua le majordome avant de se tourner à nouveau vers Atayla. Voulez-vous me suivre, madame ? Je vais annoncer votre arrivée à Sa Seigneurie. Elle sera surprise, très surprise, de voir Mademoiselle !

Atayla s'abstint de tout commentaire et le majordome lui fit traverser une vaste salle au sol de marbre, sur lequel étaient étalés des tapis persans.

Il ouvrit une porte et déclara à Atayla qui entrait, suivie par Felicity :

— Je vais m'occuper de vos bagages, madame. Je présume que Mademoiselle va rester au château ?

— Je l'espère, répondit Atayla. Nous n'avons nul endroit où aller à cette heure de la nuit.

Puis, comme le majordome allait sortir, elle ajouta :

— Je dois régler le cocher.

— Je m'en charge, madame, fit-il avant de fermer la porte de la pièce.

Le salon était éclairé par des lampes à gaz accrochées de chaque côté du manteau de la cheminée et par une grosse lampe à pétrole posée sur une table où s'entassaient des livres.

Atayla parcourut la pièce du regard, admirant les bibliothèques et le grand bureau disposé devant ce qui devait être, une fois les rideaux tirés, une large fenêtre.

Des canapés confortables et des fauteuils profonds d'un goût très masculin étaient tournés vers une cheminée où crépitait un bon feu. Atayla était certaine qu'il s'agissait de la pièce favorite du comte, celle où il venait s'asseoir lorsqu'il était seul.

— Vous souvenez-vous de ce salon ? demanda-t-elle à Felicity.

L'enfant ignora sa question. Elle s'était assise sur un divan et sa tête reposait sur les coussins.

— Je suis fatiguée, dit-elle. Et j'ai soif !

— Je demanderai à boire dès que nous pourrons monter dans nos chambres, affirma Atayla. Mais n'oubliez pas qu'il nous a fallu bien plus de temps que prévu pour arriver jusqu'ici et que nous n'aurons peut-être pas tout de suite ce que nous désirons.

— Je suis fatiguée, répéta Felicity.

Elle bâilla et, comme le chapeau rond qu'elle portait sur la nuque la gênait visiblement, Atayla défit les rubans qui le retenaient sous son menton et le lui ôta.

Elle fit bouffer les cheveux de la fillette, et la trouva si belle et si attirante, qu'elle jugea inconcevable que le comte ne fût pas séduit par son enfant.

Puis elle se demanda avec une certaine appréhension s'il ne serait pas irrité par le fait qu'elles se présentent à une heure aussi tardive, sans s'être fait annoncer. Elle savait que sa femme ne l'avait pas informé de son intention de lui rendre son enfant et elle s'était interrogée à plusieurs reprises au cours du voyage sur le bien-fondé de cette entreprise. Elle estimait qu'elle aurait dû suggérer à la comtesse de lui remettre une lettre pour le père de Felicity dans laquelle elle lui exposerait les raisons qui l'obligeaient à se séparer de leur fille. Mais elle ne l'avait pas fait et puisqu'elle avait accepté de ramener Felicity à son père, elle devait remplir son rôle jusqu'au bout.

Cependant, pensait-elle avec un vague malaise, son rôle n'était pas simple car elle se trouvait auprès du comte, alors que la comtesse était au loin.

La porte s'ouvrit et Atayla releva rapidement la tête. Mais ce n'était que le majordome.

— Sa Seigneurie prend son dîner, madame, annonça-t-il. Je pense qu'elle viendra vous voir dès qu'elle aura achevé son repas.

L'homme referma la porte et Atayla s'interrogea sur la formule qu'il avait employée : « Je *pense* qu'elle viendra vous voir. »

« Que pourrait-elle faire d'autre ? » se demanda-t-elle.

— J'ai soif. Donnez-moi quelque chose à boire ! se plaignit Felicity.

Atayla parcourut rapidement la pièce du regard, espérant découvrir un plateau avec de l'eau ou de la limonade, mais elle ne trouva rien.

Elle n'osait ouvrir la porte pour s'aventurer hors de la pièce à la recherche du majordome, car elle craignait de se trouver en face du comte revenant de la salle à manger : il aurait pu mal interpréter les libertés qu'elle prenait dans sa demeure.

Il lui paraissait d'ailleurs probable que le majordome et le valet de pied assuraient le service dans la salle à manger, étant donné le temps qui s'était écoulé avant qu'on vînt répondre aux coups frappés à la porte.

— Je suis désolée, ma chérie, dit-elle à Felicity. Je ne peux rien vous donner pour l'instant, mais nous n'aurons pas à attendre longtemps. Nous demanderons du bon lait, comme celui qu'on vous a servi à l'hôtel.

Elle avait été amusée de constater à quel point Felicity appréciait le lait anglais épais et crémeux. Cette boisson était introuvable à Tanger et il ne leur avait même pas été possible de l'obtenir en France.

Atayla se souvenait vaguement qu'elle avait, elle aussi, apprécié le lait, lors de son séjour en Angleterre à l'occasion des funérailles de son grand-père. Mais elle s'était à tel point accoutumée à ne pas en avoir en Afrique, qu'elle en avait oublié même le goût.

Le temps passait et on n'entendait plus que le tic-tac de l'horloge posée sur la cheminée. Atayla vit que l'enfant s'était endormie, et pour ne pas l'éveiller, elle souleva avec précaution ses deux petites jambes et les allongea sur le divan. Puis elle s'assit au bord du siège, droite et immobile, pour attendre.

La porte s'ouvrit brusquement et le comte entra. Le premier regard de cet homme emplit Atayla de crainte.

Il était d'une taille supérieure à la moyenne et, ainsi qu'elle s'y attendait, il avait des cheveux bruns. Ses yeux étaient noirs et sous l'effet de la colère ses sourcils semblaient se rejoindre au-dessus du nez droit aristocratique. Il s'avança vers elle, les lèvres serrées.

Son aspect était si effrayant qu'Atayla se leva promptement. Le comte la dévisagea, regarda l'enfant endormie, puis la fixa de nouveau.

— Qui êtes-vous ? demanda-t-il. Et que diable faites-vous ici ?

3

Sa question avait claqué comme un coup de fouet. Atayla en demeura muette de stupeur.

Puis, elle se rappela qu'il était le père de Felicity et qu'on ne l'avait pas averti de leur arrivée ; elle essaya de répondre calmement :

— J'ai ramené votre fille... chez elle.

— Qui vous en a donné l'ordre ? demanda le comte. Mais ai-je besoin de poser la question ? Vous pouvez retourner d'où vous venez.

Atayla le fixa, hébétée. D'une voix qui lui parut incertaine, elle s'exclama :

— C'est... c'est impossible !

— Rien n'est impossible ! rétorqua sèchement le comte. Vous pourrez dire à la personne qui vous envoie que je n'ai pas l'intention de prendre en considération ce genre... de message. Qu'elle s'adresse à mes avocats.

Puis l'homme tourna le dos et se dirigea vers la porte. Avant de l'ouvrir, il ajouta :

— Partez, et vite !

De toute évidence il allait quitter la pièce ; Atayla laissa échapper un petit cri angoissé et se précipita vers lui :

— Vous ne pouvez pas faire... une chose pareille ! Vous n'allez pas nous jeter dehors... à cette heure... de la nuit ?

— Et pourquoi pas ? s'enquit le comte. Je ne vous ai pas invitées et je suis persuadé que vous trouverez un gîte qui correspondra mieux à vos besoins !

Atayla était bien trop bouleversée pour remarquer le caractère insultant de ses propos. Elle l'implora :

— Je vous en supplie... Nous avons voyagé pendant des heures et des heures et je ne pourrais repartir avec Felicity... même si je savais où aller. Elle est très... lasse.

— C'est votre affaire !

— Vous... ne comprenez pas. Nous n'avons pris aucun repos, depuis Tanger.

Le comte avait déjà la main sur la poignée de la porte ; il tourna la tête vers elle, et répéta :

— Tanger ? Je croyais qu'elle se trouvait à... (Il s'interrompit, puis ajouta sèchement :) Mais cela ne me concerne plus ! Après avoir gardé l'enfant avec elle pendant trois ans, elle en est à présent responsable !

— Vous n'avez pas le droit de dire une chose pareille, protesta Atayla. Felicity n'était pas... heureuse, là où elle était ; sa mère tenait absolument à ce qu'elle retrouve... sa place.

Le comte émit un petit rire menaçant.

— Sa place ! Il est bien tard pour la revendiquer. Non ! Je n'accepterai jamais le rôle qu'on veut me faire jouer ! Ramenez cette enfant à sa mère, et allez au diable !

Peut-être est-ce cette formule triviale qui provoqua la colère d'Atayla. La brutalité du comte la révolta ; elle le détesta pour la cruauté dont il faisait preuve à l'égard d'une enfant qui était *son* enfant. Malgré sa terreur elle le foudroya du regard et déclara :

— Très bien, milord. Si c'est votre dernier mot, Felicity et moi allons partir. Mais, étant donné que nous ne savons pas où aller, nous dormirons sur le seuil de votre demeure, ou nous irons chercher un abri pour la nuit dans l'une de vos granges ; car nous ne pourrons pas trouver de chambres à cette heure tardive.

L'homme parut un instant déconcerté par la colère qui grondait dans la voix de la jeune fille et qui semblait aussi grande que la sienne.

— Vous êtes venues jusqu'ici en voiture, fit-il remarquer.

— Nous avons effectivement trouvé une voiture de location en descendant du train. Un homme a accepté de nous conduire, mais j'imagine qu'il a dû rentrer chez lui.

Le comte sembla reconnaître le bien-fondé de ses arguments. Il s'écarta de la porte et se dirigea vers la cheminée.

Il se plaça le dos tourné vers l'âtre et regarda l'enfant qui dormait sur le canapé. Son innocence ne parut pas l'émouvoir. Il considérait Felicity comme s'il la haïssait. Son arrivée au château semblait vivement le contrarier.

Pourtant Atayla était frappée par leur ressemblance. Elle revint vers le canapé. Comme elle allait se rasseoir, Felicity bougea et ouvrit les yeux.

Elle regarda autour d'elle, avec surprise, comme si elle ne savait pas où elle se trouvait, puis elle vit le comte. Elle le fixa une seconde avant de dire, avec une nuance d'interrogation dans la voix :

— Papa ?

— Ainsi, vous vous souvenez de moi ? répliqua sèchement le comte.

— Vous êtes papa ! affirma Felicity avec conviction. Maman m'a dit que vous avez beaucoup de chevaux et que vous me donneriez un poney.

— Pour quelle raison vous ferais-je un tel présent ? demanda durement le comte, comme s'il s'adressait à une adulte. Ne m'avez-vous pas abandonné ?

— Je suis revenue, rétorqua Felicity. Je suis très fatiguée, et j'ai soif. Je veux qu'on m'apporte à boire !

Atayla interrogea le comte du regard. Il déclara en bougonnant, comme s'il lui en coûtait de céder :

— Je suppose que vous devrez passer la nuit ici. Je vais demander à Dawson de prévenir l'intendante.

Sans laisser à Atayla le temps de répondre il sortit de la pièce en faisant claquer la porte derrière lui.

Felicity bâilla et répéta :

— Je veux boire. J'ai soif !

— Vous pourrez vous désaltérer dans quelques minutes, assura Atayla d'un ton confiant.

Elle venait de mener un rude combat qui l'avait épuisée tant physiquement que moralement. Elle avait réellement craint que le comte ne mît à exécution sa menace et ne les chassât du château.

Le majordome vint les chercher pour les conduire au premier étage, où les attendait l'intendante. C'était une femme âgée, vêtue d'une robe noire bruissante.

Tout en gravissant les marches, Atayla murmura une prière pour remercier Dieu de ne pas avoir permis qu'elles soient jetées dehors sans argent.

« Comment cet homme peut-il être aussi insensible et brutal ? » se demanda-t-elle.

Elle reconnut que la comtesse n'avait pas eu tort de prendre la fuite, même avec un homme marié. Ces réflexions ne l'empêchèrent pas d'être sensible au luxe de la chambre dans laquelle elles avaient été conduites par Mme Briercliffe.

Le plafond élevé, les hautes fenêtres aux rideaux surmontés de lambrequins et l'immense lit de chêne à baldaquin donnaient à Atayla l'impression d'avoir pénétré dans des lieux historiques.

— Demain, je rouvrirai la nursery, déclara Mme Briercliffe. Mais ce soir, vous semblez épuisées. Je ne pense pas que vous souhaitiez attendre avant de coucher Mademoiselle.

— Elle est épuisée, admit Atayla. Nous venons de faire un très long voyage.

— Vous venez de Paris ? demanda Mme Briercliffe, apprenant ainsi à Atayla ce que le comte avait été sur le point de dire.

— Non, de Tanger, au Maroc.

— Bonté divine ! s'exclama Mme Briercliffe. Je n'aurais jamais cru que Madame était partie aussi loin.

Puis, gênée d'avoir trop parlé, elle donna des ordres aux servantes qui rangeaient les malles. On avait apporté à Felicity du lait et des biscuits dès qu'elles étaient arrivées au premier étage, mais la fillette se plaignait d'avoir un lit trop grand.

— Je veux la chambre où je dormais, fit-elle brusquement. Où est mon cheval à bascule ?

— En haut, mademoiselle, répondit Mme Briercliffe. Demain je ferai aérer les pièces. Rien n'a été changé, depuis votre départ.

— Je veux mon cheval à bascule et un poney, pleurnicha Felicity.

Atayla, qui la déshabillait avec l'aide de l'une des servantes, tenta de la raisonner :

— Je suis certaine que demain vous pourrez avoir ce que vous désirez ; mais pour l'instant vous devez dormir. A votre réveil, tout vous paraîtra différent.

Elle espérait ne pas lui faire de vaines promesses. Elle n'avait pas oublié les menaces du comte. S'il les avait autorisées à passer la nuit au château, elle avait la quasi-certitude qu'il les en chasserait dès le lendemain.

Ce ne fut qu'après avoir couché Felicity qu'elle prit conscience de sa propre lassitude et, comme si elle s'en apercevait au même instant, l'intendante déclara :

— Je vous ferai monter une légère collation, mademoiselle. Peut-être pourriez-vous dire à Jeannie ce que vous voulez pour la nuit. Nous déballerons le reste demain.

— Merci, c'est en effet préférable, reconnut Atayla. Je suis moi aussi très lasse.

— Vous semblez épuisée, c'est indéniable !

Mme Briercliffe ordonna à Jeannie de défaire la valise qu'Atayla désignait, puis elle lui fit porter un repas par un valet de pied qui vint poser le plateau dans sa chambre.

Jugeant inconvenant de manger avant le départ de Jeannie, Atayla attendit d'être seule pour prendre son repas. Mais en dépit de l'aspect délicieux des mets qu'on lui avait servis, elle n'avait pas beaucoup d'appétit. Sa lassitude était telle qu'elle n'osait même pas s'asseoir, de peur de ne pas pouvoir se relever.

Son abattement n'était pas uniquement dû au voyage, mais aussi à l'attitude du comte et à sa peur d'être chassée du château avec Felicity, avec juste assez d'argent pour faire quelques kilomètres et aucun moyen de retourner à Tanger.

« Pourquoi n'ai-je pas envisagé cette éventualité ? » se demanda-t-elle.

Elle se reprochait d'avoir fait preuve de légèreté ; elle aurait dû s'assurer auprès de la comtesse de l'accueil que recevrait sa fille qu'elle renvoyait à son père sans la moindre explication, et sans même annoncer son arrivée.

Finalement, elle se coucha avec l'impression que si elle ne s'allongeait pas elle allait s'effondrer sur le sol ; comme elle se demandait avec appréhension ce que lui réservait le lendemain, il lui sembla entendre la voix du père Ignatius lui disant :

— Si vous vous trouvez dans l'embarras, priez, et Dieu vous assistera.

« S'il est un moment où j'ai besoin du secours divin, c'est bien celui-ci », pensa-t-elle avec amertume. Et elle pria jusqu'au moment où le sommeil eut raison d'elle.

Atayla fut tirée de son profond sommeil par Felicity, qui sauta sur son lit en disant :

— Réveillez-vous, mademoiselle Lindsay. Je veux sortir et aller voir mon poney. Maman m'a dit que papa me donnerait un poney. J'ai regardé par la fenêtre pour voir s'il courait sur la pelouse.

Atayla dut faire un gros effort pour quitter l'univers des rêves et ouvrir les yeux sur la réalité.

— S'il y a un poney, fit-elle en souriant, il doit se trouver dans les écuries.

— Alors, sortons et allons le chercher ! insista Felicity.

— Il serait plus raisonnable de prendre tout d'abord notre petit déjeuner.

Elle s'assit dans le lit encore tout ensommeillée et attendit de recouvrer pleinement sa lucidité. Elle se rappela ce que lui avait dit Jeannie avant de quitter la pièce, la veille au soir :

— Si vous avez besoin de quelque chose, mademoiselle, sonnez et on m'avertira que vous m'appelez ; il faut parfois un certain temps pour répondre, tant ce château est grand.

Atayla regarda autour d'elle, et trouva un long cordon de sonnette brodé qui pendait à côté du lit. Elle le secoua et se demanda sur quelle distance le cordon courait avant qu'une cloche ne sonne pour transmettre son appel.

Felicity se laissa glisser au bas du lit pour aller vers la fenêtre dont les rideaux n'avaient pas été tirés.

— Je ne vois aucun cheval, déclara-t-elle. Mais il y a des petits animaux qui ressemblent à des chèvres.

Atayla la rejoignit.

— Ce sont des cerfs ! s'écria-t-elle.

— Qu'est-ce que c'est ?

— Ils vivent dans le parc ; ils sont magnifiques !

— Des cerfs ? répéta Felicity qui tentait de rassembler ses souvenirs.

Lorsque Jeannie entra, en s'excusant d'avoir tant tardé, Atayla lui demanda où elles pourraient prendre leur petit déjeuner.

— Etant donné que la nursery n'est pas encore prête, l'intendante a pensé que vous pourriez descendre au petit salon du rez-de-chaussée, répondit Jeannie. Sa Seigneurie prend son petit déjeuner dans la salle à manger, mais Mme Briercliffe dit que vous ne souhaitez sans doute pas vous joindre à lui.

— Non, non, bien sûr que non.

Atayla estimait en effet qu'il aurait été très embarrassant de déjeuner en compagnie de cet homme qui les avait si mal accueillies. Comme elle craignait même de le rencontrer, elle fit presser le pas à Felicity dans le grand escalier.

Un valet de pied de faction dans le hall les précéda dans une galerie décorée d'anciennes armures, jusqu'à une salle relativement petite mais très haute de plafond. Le petit déjcuner était servi sur une table qui occupait le centre de la pièce. Devant l'abondance des mets, raffinés et variés, proposés à leur convoitise, Atayla ne put s'empêcher de sourire : quelle différence avec la frugalité des repas de la mission, où elle s'était pourtant estimée heureuse de trouver quelque chose à manger !

Felicity se sentait déjà chez elle et n'hésitait pas à se resservir quand elle appréciait un plat. Elle termina par un toast beurré avec du miel, et déclara :

— J'aime ce miel. Il est meilleur que celui que nous avions à Tanger.

Atayla se réjouit que la fillette eût enfin trouvé quelque sujet de contentement, car pendant qu'elle l'habillait elle s'était plainte de tout et en particulier du froid, qui l'obligeait à porter tant de vêtements.

Atayla espérait trouver quelques robes chaudes parmi les effets qui n'avaient pas encore été sortis des malles. Mais elle craignait qu'en raison du climat marocain ses robes ne fussent toutes comme celle qu'elle portait lors de leur première rencontre ; faites en mousseline ou en dentelle et ne convenant guère à ces contrées nordiques.

Il lui semblait pourtant qu'il faisait relativement

chaud pour la saison. Sa propre robe de voyage avec sa petite veste suffisaient parfaitement ; elle espérait néanmoins disposer de toilettes de rechange adéquates lorsque ses bagages seraient enfin ouverts. Mais elle ne pouvait évidemment se permettre de demander à Jeannie de les ouvrir avant que le comte n'eût décidé de leur sort.

L'idée d'avoir à transférer les bagages des chambres où elles avaient passé la nuit précédente à la nursery n'enthousiasmait pas Mme Briercliffe et Jeannie qui avaient été soulagées quand elle leur avait annoncé qu'il ne fallait rien sortir des malles pour l'instant. Elle n'avait pas oublié non plus qu'il restait encore des bagages à la halte de Roth Castle. Mais lorsqu'elle sortit du petit salon avec Felicity, Dawson vint vers elles.

— Vos autres malles sont arrivées, mademoiselle, et j'ai remercié Roberts. C'est un homme avec lequel il est difficile de s'entendre, et il lui faut parfois une demi-journée complète pour apporter des colis laissés à la gare.

— J'aurais aimé lui témoigner moi-même ma gratitude, fit Atayla en pensant qu'elle aurait dû lui donner un pourboire pour l'amabilité dont il avait fait preuve, la veille au soir.

— Il est reparti, madame, précisa Dawson. Mais je l'ai largement récompensé pour ses services.

Atayla éprouva un réel soulagement en pensant que l'initiative du majordome lui permettait de garder un peu d'argent dans sa bourse.

— Je veux sortir et aller voir mon poney, répéta la petite fille avec impatience.

Mais au même moment le comte sortit de la salle à manger et vint vers elles. Un froncement de sourcils creusait son front, comme le soir précédent et Atayla, le cœur serré, retint sa respiration ; Felicity lâcha sa main et courut vers son père.

— Je veux voir mon poney, papa ! s'exclama-t-elle. Et Mlle Lindsay dit qu'il doit être dans les écuries. Je vous en prie, est-ce que je peux y aller tout de suite ?

Le comte abaissa sur la fillette un regard dans lequel Atayla crut déceler une expression haineuse, puis il s'adressa au majordome :

— Dites à l'un des valets de pied de conduire lady Felicity aux écuries... Ou plutôt, allez-y vous-même. Je désire m'entretenir avec la jeune femme qui a amené ma fille.

Il fixa Atayla avec une expression encore plus hostile.

Un instant, la jeune fille fut sur le point de répliquer qu'elle n'avait pas la moindre envie de lui parler et qu'elle préférait accompagner Felicity jusqu'aux écuries. Mais elle se domina, comprenant qu'il eût été malséant d'exprimer de telles pensées. Dawson tendit la main à la petite fille, en lui disant :

— Venez, mademoiselle. Nous allons nous rendre auprès des chevaux de Sa Seigneurie ; ils sont très beaux.

Felicity sauta de joie et, comme ils s'éloignaient, Atayla se hâta de remarquer :

— Il me semble que lady Felicity devrait mettre un manteau, car elle risque de prendre froid. Quelqu'un pourrait-il aller lui en chercher un ?

— Je m'en charge, mademoiselle, répondit Dawson.

Puis il disparut dans la galerie avec Felicity, et Atayla se tourna avec nervosité vers le comte.

— Suivez-moi, ordonna-t-il sèchement.

Il la précéda avec tant d'autorité qu'Atayla avait

l'impression d'être une petite fille qu'on allait réprimander pour ses écarts de conduite.

Tout en suivant l'homme à quelques pas, elle pensa qu'il s'agissait d'une attitude très islamique et qu'elle occupait la place que toute femme arabe était censée occuper.

Le comte ouvrit une porte et Atayla pénétra dans une pièce qui correspondait en tout point à l'idée qu'elle se faisait de la bibliothèque d'un château anglais.

Son père lui avait souvent parlé avec nostalgie des merveilleuses collections des aristocrates anglais qui disposaient dans leurs bibliothèques d'œuvres accumulées au fil des siècles.

En contemplant les milliers de livres qui occupaient, du sol au plafond, les murs de cette pièce qu'entourait un balcon où l'on accédait par un petit escalier en hélice, elle songea à la joie qu'aurait éprouvée son père à se trouver en un tel lieu et, pendant un bref instant, elle oublia le comte et l'entrevue délicate qui allait suivre, pour ne plus songer qu'aux difficultés qu'avait rencontrées l'explorateur pour rédiger ses livres sur les tribus africaines.

— Dieu sait qu'il est difficile de faire des recherches, ici, avait-il déclaré à Alger, Tunis ou Tanger alors qu'il tentait d'ordonner les informations recueillies au cours de leurs voyages.

— En Angleterre, ta bibliothèque était-elle importante, papa ? avait-elle demandé une fois.

— Elle contenait certainement tout ce dont j'aurais besoin pour l'instant, avait répondu son père. Même si mon grand-père et mon arrière-grand-père, qui l'ont constituée, s'intéressaient plus à la littérature anglaise qu'à l'ethnologie ! Comme tu le sais, il existe bien peu d'ouvrages disponibles sur les sujets qui me passionnent : c'est ce qui me vaut d'être considéré comme une autorité en la matière !

— C'est vrai, papa ; et c'est pourquoi il est indispensable que tu poursuives ton œuvre...

Atayla fut brusquement arrachée à ses souvenirs par une invitation du comte lancée d'une voix sèche :

— Asseyez-vous !

Il désigna un fauteuil en face du grand bureau derrière lequel il prit place.

Le meuble se trouvait entre deux hautes fenêtres dont les vitres supérieures s'ornaient des armoiries de la famille Rothwell.

Les rayons du soleil filtraient à travers les panneaux transparents et donnaient des reflets roux aux cheveux blonds d'Atayla. Ils avaient une nuance très différente de ceux de la comtesse, qui étaient d'or clair et évoquaient le blé n'ayant pas encore atteint sa pleine maturité. Or, dès que le soleil caressait la chevelure d'Atayla, il révélait la présence du cuivre au sein de l'or et l'embrasait de flammes chatoyantes.

Ses yeux étaient gris, mouchetés d'or. Elle avait beaucoup maigri pendant sa convalescence à la mission et ils semblaient démesurés dans son visage menu porté par un cou gracile.

Le comte la fixait avec une insistance presque insultante, lui sembla-t-il, bien qu'il fût impossible de définir précisément la nature de son regard.

— Maintenant, déclara-t-il, j'exige que vous me fournissiez une explication sur la raison de votre présence ici. Je veux également savoir ce qui vous permettait de croire que j'accepterais de reprendre ma fille, Felicity, trois années après qu'elle m'eut été enlevée.

Atayla aurait pu lui rétorquer qu'elle ne pouvait

répondre à ses questions et qu'elle avait entendu parler de la comtesse pour la première fois la veille de son départ. Mais il lui vint à l'esprit qu'une telle réponse fournirait au comte un excellent motif pour la renvoyer. S'il décidait de chercher une autre gouvernante — dans l'hypothèse où il garderait Felicity auprès de lui — elle ne saurait où aller. Elle jugea plus judicieux de modifier la vérité.

— Milord, j'ai été engagée en tant que gouvernante et j'ai reçu l'ordre de conduire Felicity jusqu'à vous.

Le comte la considéra avec incrédulité. Cependant, il lui était difficile de la convaincre de mensonge.

— Mademoiselle Lindsay, je crois que c'est le nom que Felicity vous a donné — voudriez-vous me faire croire que vous vous trouvez ici en tant que simple employée rémunérée, et que vous n'aviez pas à discuter les ordres reçus ?

Il se montrait franchement grossier et Atayla eut du mal à dissimuler sa colère ; elle baissa les yeux et fixa ses mains posées sur ses genoux pour ne pas être trahie par son regard, en se répétant que seul lui importait pour l'instant de disposer d'un toit et de pouvoir gagner un peu d'argent avant d'être congédiée.

— Même si elle est peu flatteuse, il s'agit d'une estimation parfaitement exacte de ma situation.

— Si je vous renvoyais, comme j'en avais l'intention la nuit dernière, où iriez-vous ?

— Sincèrement, je l'ignore. Je suppose que Felicity a de la famille... mais je ne sais évidemment pas où peuvent résider ses éventuels parents.

Les lèvres du comte se crispèrent et Atayla comprit qu'elle avait été assez adroite pour le placer dans une position telle qu'il lui était désormais difficile de mettre sa menace à exécution, et de la chasser du château avec Felicity.

Il réfléchit longuement, avant de proposer :

— Si je gardais Felicity, seriez-vous disposée à rester auprès d'elle ?

— J'espérais qu'on me le demanderait, milord. Mais c'est naturellement à vous de décider de son éducation et de choisir la personne susceptible de s'en charger.

Comme s'il était pris au dépourvu, le comte se leva et traversa la pièce pour aller se placer devant la cheminée, le dos tourné à l'âtre dans lequel se consumait un petit feu.

— C'est intolérable ! s'écria-t-il un instant plus tard, comme s'il se parlait à lui-même.

N'estimant pas opportun de faire preuve de compassion, Atayla s'abstint de tout commentaire. Comme elle restait assise avec raideur au bord de son siège, il s'exclama avec colère :

— Pour l'amour de Dieu, à quoi vous attendiez-vous donc ? Avant sa brusque apparition, la nuit dernière, je suis resté trois ans sans recevoir la moindre nouvelle de mon enfant. J'ignorais même où elle pouvait se trouver !

— A présent, elle est rentrée chez elle, fit calmement remarquer Atayla.

— Je suis surpris que la personne qui me l'a enlevée ait enfin admis que sa place était ici. J'estime d'ailleurs que j'aurais parfaitement le droit de renvoyer Felicity d'où elle vient, à Tanger, semble-t-il !

Atayla faillit rétorquer que la mère de Felicity serait peut-être morte à leur retour, mais elle jugea qu'une telle affirmation était risquée : même si la comtesse était gravement malade, ainsi que l'avait déclaré le père Ignatius, rien ne permettait de supposer qu'il n'y avait aucun espoir de guérison.

Elle se dit aussi qu'il était peut-être dangereux d'annoncer au comte que sa femme était malade, et de susciter en lui un désir prématuré de liberté.

« Peut-être a-t-il quelqu'un dans sa vie et souhaite-t-il se remarier, pensa-t-elle. Il serait furieux contre moi, si sa femme se remettait, et me reprocherait de l'avoir induit en erreur en rapportant une rumeur sans fondement. »

Elle garda le silence et, au bout d'un moment, le comte lui demanda :

— Vous devez certainement avoir une opinion personnelle sur la situation.

— Une seule chose me préoccupe, milord : le sort de lady Felicity, répliqua Atayla. J'ai cru comprendre qu'elle n'était pas heureuse, à Tanger, et que c'est la véritable raison pour laquelle elle vous a été envoyée.

— Que voulez-vous dire par « elle n'était pas heureuse » ? s'enquit brutalement le comte. Si ce porc l'a maltraitée, je jure de le tuer !

Il s'était exprimé avec tant de violence qu'Atayla se raidit et joignit convulsivement les mains. Cet homme l'inquiétait de plus en plus. Ses façons étaient non seulement intolérables, mais aussi effrayantes. Son cœur battait avec force.

— Vous ne pouvez pas partager mes sentiments, lui dit alors le comte, comme s'il était conscient de sa frayeur. Cependant, vous n'avez pas l'allure d'une gouvernante ordinaire. Je suppose qu'on ne vous a pas choisie au hasard ?

— La mère de Felicity voulait une gouvernante de nationalité britannique.

Le comte la considéra avec étonnement. Mais cet argument lui parut plausible. Il admettait qu'il était effectivement difficile de trouver à Tanger une gouvernante anglaise et comprenait que, pour des raisons qu'il était préférable de passer sous silence, la mère de Felicity n'ait pas souhaité la confier à une Française.

— Qu'enseignez-vous à Felicity ? demanda-t-il, comme s'il voulait faire valoir ses droits d'une manière ou d'une autre.

— Je n'ai guère pu me préoccuper de son éducation au cours du voyage, mais j'estime qu'il conviendrait en premier lieu d'améliorer ses connaissances en anglais, et de lui apprendre tout ce qui concerne l'Angleterre.

Elle fit une pause, puis ajouta en pensant à haute voix :

— Ce sera facile, car tout est neuf ici pour elle. Elle n'a aucun souvenir précis de ce qu'elle a vu ou entendu alors qu'elle n'avait que cinq ans, il y a de cela plus de trois ans.

Atayla songea qu'elle se trouvait dans la même situation : elle avait bien des choses à apprendre, elle aussi !

— Je comprends votre point de vue, approuva le comte. Ce n'est que lorsque Felicity se sera adaptée à sa nouvelle vie, que nous pourrons convenir des matières que vous serez capable de lui enseigner ; pour les autres il sera préférable d'engager des professeurs plus qualifiés.

Atayla laissa échapper un soupir : elle venait de remporter une victoire capitale pour son avenir. Felicity ne serait pas chassée et elle pourrait rester auprès d'elle, avec le titre de gouvernante.

Soulagée, elle répondit d'une voix calme et posée :

— Je suis persuadée que c'est la meilleure solution, milord. J'estime être capable pour l'instant d'enseigner à Felicity ce qu'une fillette de son âge doit apprendre.

Elle se leva.

— Y a-t-il autre chose dont Sa Seigneurie souhaitait m'entretenir ?

— Non, mademoiselle, répondit le comte. Vous avez su définir votre position de façon extrêmement claire.

Atayla fit une brève révérence.

— Je vous remercie, milord.

La jeune fille se dirigea ensuite vers la porte. Avant qu'elle ne sorte le comte demanda encore :

— Je pense que vous savez monter à cheval ?

Atayla faillit dire : « Sur tout ce qui possède quatre pattes : de l'âne au dromadaire. » Mais elle estima qu'une telle assurance pouvait paraître impertinente, et elle se contenta de répondre :

— J'ai passé presque toute ma vie en selle, milord.

— En ce cas, je vais donner des ordres pour que vous puissiez faire du cheval avec Felicity. Mais si vous trouvez mes bêtes trop fougueuses, n'hésitez pas à le dire.

— J'estime cela peu probable, milord.

En sortant de la bibliothèque, elle avait envie de chanter et de danser de joie.

Elle pouvait rester ! Pour l'instant, tout au moins, elle était en sécurité et elle n'avait plus à redouter d'en être réduite à implorer le comte de lui donner de quoi vivre jusqu'au moment où elle retrouverait sa famille. Elle frémit rétrospectivement en songeant à l'humiliation qui aurait été la sienne si elle avait dû adresser une telle demande à cet homme sans pitié.

« Il est horrible et effrayant », se dit-elle.

Elle se réjouit d'avoir su se montrer assez habile

pour le circonvenir ; cela seul avait de l'importance.

Toute à sa joie, elle se hâta de gagner les écuries dans la tenue dans laquelle elle se trouvait. Ce ne fut qu'après avoir retrouvé Felicity et noté la légère expression de surprise du majordome, qu'elle prit conscience de ne pas avoir respecté les usages, en sortant sans chapeau.

« Je dois me montrer plus circonspecte, se reprocha-t-elle. Une gouvernante digne de ce nom ne va certainement pas se promener hors du château sans s'être convenablement habillée ! »

Mais elle oublia ces détails en allant de stalle en stalle, afin d'admirer les chevaux du comte. Elle ressentait une vive excitation à la pensée qu'il l'avait autorisée à monter ces bêtes superbes.

Il lui vint brusquement à l'esprit qu'il n'y avait peut-être pas d'habit d'amazone parmi les vêtements offerts par la comtesse. Son désappointement fut tel qu'elle sentit tout son courage l'abandonner. Elle tenta de se convaincre qu'un habit d'équitation devait certainement faire partie de la garde-robe de la comtesse. Mais elle ne parvint pas à chasser complètement ses appréhensions.

En fin de matinée, après avoir examiné chaque cheval de l'écurie, elle ramena Felicity au château où elle découvrit que ses bagages avaient été montés dans l'appartement réservé aux enfants qu'on avait préparé à leur intention.

La nursery se trouvait au troisième étage, comme elle le supposait. Au fond de son esprit subsistait le vague souvenir d'avoir dormi dans des pièces semblables, lorsqu'elle avait séjourné chez ses grands-parents, en Angleterre. Sa mère lui avait également décrit la nursery où elle avait vécu, lorsqu'elle était enfant.

Devant l'âtre, un paravent protégeait des courants d'air ; il était couvert de décalcomanies protégées par du vernis, comme la grande maison de poupée vers laquelle Felicity courut, folle de joie, en répétant qu'elle s'en souvenait parfaitement. L'enfant retrouva des poupées de bois et de chiffon, et un ours en peluche un peu plus petit et plus vieux que celui qu'elle avait dans sa malle.

Deux servantes défaisaient les bagages sous la surveillance de Mme Briercliffe, et Atayla constata avec soulagement que Felicity possédait un certain nombre de robes coupées dans des tissus chauds. Mais la plupart d'entre elles étaient trop courtes et certaines avaient besoin d'être élargies à la taille. Mme Briercliffe la rassura en déclarant qu'une couturière était employée à demeure au château et qu'elle ferait les retouches nécessaires.

Atayla expliqua alors à l'intendante qu'elle craignait que l'enfant ne souffrît du froid, après avoir vécu trois années à Tanger, et Mme Briercliffe donna des ordres pour que le seau à charbon ne fût jamais vide et qu'il y eût toujours une pile de bûches dans la pièce.

Le lit de Felicity était très beau ; il était garni de rideaux de mousseline à volants qui tombaient de chaque côté d'un dosseret en cuivre. Dans la chambre voisine attribuée à Atayla le lit était également en cuivre.

— Madame les avait choisis avant la naissance de Sa Seigneurie, expliqua Mme Briercliffe. Et cela me rappelle, mademoiselle... que Madame a demandé à voir lady Felicity avant le déjeuner.

Atayla la fixa, surprise.

— Madame ? répéta-t-elle.

— Sa Seigneurie ne vous a pas expliqué que sa

grand-mère, la comtesse douairière lady Rothwell, vivait au château ?

— Voulez-vous dire qu'il s'agit de l'arrière-grand-mère de lady Felicity ?

— Oui, mademoiselle.

— Je l'ignorais. L'enfant ne m'a jamais parlé d'elle.

— Elle l'a probablement oubliée, mademoiselle, fit Mme Briercliffe. Madame est très âgée, très très âgée, et sans doute la trouverez-vous peu avenante. Mais, comme nous le disons souvent, elle aboie plus qu'elle ne mord, même si elle terrorise les servantes les plus jeunes !

Atayla s'étonna malgré tout que personne ne lui en eût parlé plus tôt.

Elle changea de robe, heureuse de pouvoir mettre un vêtement propre, puis une servante vint lui annoncer que lady Felicity et Mlle Lindsay étaient attendues dans la chambre de Madame.

— Nous allons nous rendre auprès de votre arrière-grand-mère, ma chérie, apprit Atayla à Felicity. Vous souvenez-vous d'elle ?

La petite fille inclina la tête de côté pour réfléchir à la question.

— Grand-mère ? fit-elle, comme si elle plongeait dans ses souvenirs. Elle faisait pleurer ma maman.

Cette réaction ne parut pas de bon augure à Atayla qui se hâta d'ajouter :

— Elle veut vous voir. Montrez-vous polie et n'oubliez pas de lui faire une révérence ; dites-lui que vous êtes très contente de la revoir.

— Je ne suis pas contente, puisqu'elle faisait pleurer maman, déclara Felicity avec une logique implacable.

— Il y a longtemps de cela, fit remarquer Atayla. Il

est toujours préférable d'oublier les choses déplaisantes qui appartiennent au passé, et de ne penser qu'aux événements agréables que réserve l'avenir.

— Comme monter un des chevaux de papa ?

— Votre père n'a pas dit que vous pourriez monter un de ses chevaux, et il faudra attendre qu'il ait mis un poney à votre disposition.

— Je veux monter un cheval ! déclara Felicity sur un ton catégorique. Dans les écuries, le palefrenier m'en a désigné un en assurant que je pourrais le monter.

— Je l'espère... murmura Atayla en pensant que si Felicity faisait de l'équitation elle pourrait en profiter pour monter elle aussi.

L'enfant était ravissante dans sa robe au corsage orné de smocks et portée sur des jupons de dentelle qui lui donnaient une allure raffinée et précieuse, malgré sa simplicité. On avait noué un ruban de satin rose dans ses cheveux bruns.

Comme elle était encore tout occupée par ses projets de chevauchée, ses yeux étaient scintillants et elle souriait de bonheur.

Lorsqu'elles descendirent l'escalier puis longèrent le corridor, guidées par un valet de pied, la main de Felicity qui serrait celle d'Atayla tremblait d'excitation.

— Cet après-midi, nous galoperons à travers la campagne, dit-elle. Et je commencerai bientôt à apprendre à sauter.

Son enthousiasme était si touchant qu'Atayla n'eut pas le cœur de lui dire que le comte ne lui permettrait peut-être pas de monter un cheval, et qu'elle n'avait pas vu de poney dans les écuries.

« Il faudra que je parle à son père, pensa-t-elle avec appréhension. Je ne puis prendre la responsabilité de lui faire monter un animal trop grand pour elle. »

Ce ne fut que lorsque le valet de pied s'arrêta devant une grande porte d'acajou, à l'autre extrémité du château, qu'Atayla se demanda à quoi pouvait bien ressembler la comtesse douairière lady Rothwell.

Une servante âgée, aux cheveux blancs et au visage creusé de rides, vint ouvrir la porte. Le valet lui annonça, inutilement selon Atayla :

— Voici lady Felicity.

— Il était temps ! déclara la servante. Vous ne vous êtes pas pressé.

— Il m'aurait fallu voler pour venir plus vite, rétorqua le valet. Et Dieu ne m'a pas donné d'ailes !

— Ça suffit ! dit sèchement la femme.

Elle poussa la porte afin de mieux voir Felicity.

— Ma parole, comme vous avez grandi ! s'exclama-t-elle sur un ton différent. Vous souvenez-vous de « Ja-ja », comme vous m'appeliez ?

Felicity la fixa, puis déclara finalement :

— Je me souviens de ma maison de poupée.

La servante ouvrit une autre porte et annonça à son tour :

— Voici lady Felicity, milady. Et elle est devenue une grande fille, depuis que vous l'avez vue pour la dernière fois.

Estimant que c'était son devoir, Atayla suivit Felicity dans une chambre aux proportions impressionnantes.

Un énorme lit à baldaquin atteignait presque le plafond. Ses piliers sculptés évoquaient des troncs de pins à bout doré, de grands panaches de plumes d'autruche ornaient chaque coin. Au centre de ce lit immense, adossée à d'innombrables oreillers, se trouvait la femme la plus singulière qu'Atayla ait jamais vue.

Ses yeux étaient profondément enfoncés dans un visage creusé de rides, qu'encadrait ce qu'elle supposa être une perruque rousse où étaient plantés des peignes ornés de diamants ; plusieurs rangs d'énormes perles entouraient son cou et descendaient sur sa poitrine pour reposer sur les draps, devant elle. Ses mains aux doigts enflés et aux veines dilatées étaient alourdies de bagues qui lançaient mille reflets au moindre de ses mouvements, et des bracelets de diamant enserraient ses poignets.

Cette femme lui parut si extraordinaire qu'Atayla resta bouche bée et faillit oublier de faire la révérence. Felicity s'avança vers le lit et la vieille dame s'adressa à elle :

— Ainsi, vous voilà de retour ! Et pourquoi n'êtes-vous pas venue me voir plus tôt ?

— Je me souviens de vous ! s'exclama Felicity. Je me souviens de vos jolis bijoux ! Vous me laissiez jouer avec eux.

Ces propos spontanés plurent à la douairière et un léger sourire s'esquissa sur ses lèvres.

— C'est exact ! Quel que soit son âge, aucune femme ne peut résister aux diamants ! Tenez, mettez cette bague à votre doigt.

Elle retira de sa main un joyau qu'elle posa sur le lit ; Felicity s'en empara et glissa la bague à son pouce. La pierre renvoya la lumière en provenance de la fenêtre.

— Maman a un diamant plus gros que celui-ci ! remarqua l'enfant.

Un silence embarrassant accueillit cette déclaration et Atayla retint sa respiration. Puis, comme si elle prenait conscience de sa gêne, la douairière porta pour la première fois son regard sur elle.

— J'ai cru comprendre que vous étiez sa gouvernante.

— Oui, milady. Je suis la gouvernante de Felicity, confirma Atayla.

— Vous ne ressemblez absolument pas à une gouvernante, constata la douairière. Trop jeune, et trop jolie ! Que cherchez-vous... un mari ? Il est peu probable que vous en trouviez un, ici.

Atayla se raidit.

Elle avait rencontré bien des personnes étranges, au cours de sa vie, mais l'arrière-grand-mère de Felicity était de loin la plus étrange de toutes.

— Milady, se hâta-t-elle de dire, je suis ici pour faire l'éducation de Felicity, et l'aider à se perfectionner en anglais.

— Je suppose qu'après avoir vécu en compagnie de Français elle en a grand besoin, fit sèchement la douairière. La langue française exceptée, je me demande bien ce qu'elle a pu apprendre pendant les années qu'elle a passées à l'étranger.

Il était impossible de se méprendre sur les allusions que contenaient ces propos, et Atayla s'abstint de les commenter.

Puis, comme si elle voulait absolument la prendre en faute, la femme âgée ajouta :

— Je vous ai posé une question à laquelle vous n'avez pas répondu, jeune femme. Mais peut-être trouvez-vous convenable le milieu dans lequel mon arrière-petite-fille a vécu pendant ces trois dernières années, et approuvez-vous ce mode de vie ?

Malgré sa gêne et son indignation presque aussi grandes que celles qu'avait suscitées en elle l'attitude du comte, Atayla parvint à garder son calme.

— Milady, j'estime de mon devoir de rester loyale

envers la personne qui m'a employée, et je n'ai pas l'intention de déroger à cette règle.

— On ne peut vous le reprocher, admit la douairière. Je ne dis pas que votre tenue est incorrecte, mais j'estime qu'une gouvernante devrait ressembler à une gouvernante !

— Il vaut mieux la juger sur son comportement que sur son apparence, rétorqua Atayla qui regretta aussitôt son audace.

Mais à sa grande surprise, la vieille femme eut un petit rire.

— Vous paraissez avoir du caractère. Eh bien, j'ose avouer que ce n'est pas à mes yeux le pire des défauts !

Elle retira de son doigt une autre bague et la donna à Felicity. Il s'agissait d'une très grosse émeraude et elle demanda à l'enfant :

— Celle-ci vous plaît-elle davantage ? La trouvez-vous assez grosse ?

— Elle est très belle, et très grosse ! reconnut Felicity.

— Plus grosse que celle de votre mère ?

Felicity secoua la tête.

— Maman n'aime pas les émeraudes, elle dit qu'elles portent malheur.

La douairière rit franchement.

— J'aurais dû m'en douter, et il faut avouer qu'elle a bien besoin de mettre la chance de son côté.

Elle tendit la main.

— Rendez-moi mes bijoux, fillette. Vous jouerez une autre fois. Revenez me voir ce soir, avec votre gouvernante. Je tiens à la surveiller de près.

— Pourquoi ? demanda Felicity.

Atayla aurait aimé poser cette question elle-même.

— Je ne me laisse pas abuser par les gens, dit la

douairière sans s'adresser à son arrière-petite-fille. Je suis peut-être une vieille femme, mais je suis encore capable de voir ce qui se passe sous mes yeux.

Felicity, que cette conversation ne concernait pas, se détourna et glissa sa main dans celle d'Atayla.

— Venez, mademoiselle, dit-elle. Allons déjeuner. Ensuite, nous pourrons faire du cheval.

— Saluez d'abord votre arrière-grand-mère, lui rappela Atayla. Et faites-lui une révérence, comme je vous l'ai dit.

Felicity s'approcha avec obéissance.

— Au revoir, grand-mère, dit-elle. Je veux jouer avec tous vos bijoux, et avoir autour de mes doigts autant de bagues que vous.

— Nous verrons ce qu'il est possible de faire pour vous, répondit la douairière.

Mais Felicity ne l'écoutait déjà plus. Elle tirait Atayla vers la porte de la chambre.

— Dépêchons-nous ! Je veux monter un grand cheval et prouver à papa que je n'ai pas peur.

Atayla ouvrit la porte et suivit Felicity sans se retourner.

Ce n'est qu'une fois sortie que la jeune fille pensa qu'elle venait d'avoir l'entretien le plus impressionnant de sa vie. Elle jugea que la grand-mère du comte était une personne redoutable.

« Qu'a-t-elle voulu insinuer, en déclarant que je ne ressemblais pas à une gouvernante ? » se demanda-t-elle.

Peut-être faisait-elle allusion à son apparence juvénile ; mais souvent les gouvernantes engagées pour s'occuper de jeunes enfants n'avaient pas plus de vingt et un ou vingt-deux ans, l'âge qu'elle avait l'intention de se donner si on l'interrogeait à ce sujet.

« Je n'ai peut-être que dix-huit ans, pensa-t-elle,

mais j'ai déjà tant d'expérience que je me sens plus mûre que les jeunes filles de mon âge. »

Quand elles eurent regagné la nursery Atayla estima que le déjeuner ne serait probablement pas servi avant un quart d'heure.

— Vous allez m'attendre ici, Felicity, dit-elle. Je vais descendre demander à votre père s'il vous autorise à monter le cheval que vous avez vu ce matin.

— Non, ne le lui demandez pas, s'empressa de répliquer la petite fille. Il risque de refuser.

— Il peut également donner son accord, fit remarquer Atayla. En ce cas, nous n'aurons plus à nous inquiéter.

— Essayez de le convaincre, la supplia Felicity.

— Je vous le promets. Alors, soyez bien sage jusqu'à mon retour.

— Je vais jouer avec mes poupées.

Après s'être assurée que le pare-flammes était en place devant l'âtre, la jeune fille se précipita au rez-de-chaussée. La perspective de cette nouvelle entrevue avec le comte ne la réjouissait guère, mais elle ne pouvait prendre la responsabilité de faire monter par Felicity un cheval qui risquait de la désarçonner.

« S'il refuse, pensa-t-elle, je pourrai au moins insister pour qu'il lui achète un poney le plus rapidement possible. »

Dans le hall elle trouva deux valets de pied.

— Pourriez-vous me dire où se trouve Sa Seigneurie ? leur demanda-t-elle.

— Dans le salon, mademoiselle, répondit l'un d'eux.

Il s'avança pour lui ouvrir la porte et elle le suivit dans la pièce où elle avait rencontré le comte pour la première fois. Il était assis à son bureau et releva la tête quand elle entra. La timidité la paralysa. C'était un sentiment nouveau pour elle : jamais au cours des nombreux voyages qu'elle avait effectués en compagnie de son père elle n'avait éprouvé un tel désarroi face à ses interlocuteurs.

Elle entendit la porte se refermer derrière elle, et fit appel à tout son courage pour avancer vers le bureau. Le comte ne semblait pas vouloir se lever et attendait impassible ses explications sur les motifs de cette intrusion. Elle parvint enfin à articuler d'une voix à peine audible :

— Je prie Votre Seigneurie de m'excuser si... je la dérange à nouveau, mais Felicity tient absolument à monter à cheval. Votre palefrenier estime qu'elle ne courrait aucun danger, mais j'ai pensé que je devais... tout d'abord solliciter... votre... autorisation.

— Pourquoi ?

Cette brève réplique était si déconcertante qu'Atayla, choquée par son manque d'égards, releva le menton et se sentit paradoxalement plus à l'aise pour lui exposer sa requête.

— Felicity vit sous votre responsabilité, milord ; elle a l'habitude de monter un poney, et vous seul pouvez décider s'il convient de l'emmener faire une promenade à cheval.

— Il semble que cette décision vous appartient et vous pourriez éviter de m'importuner avec de tels problèmes, répliqua le comte. Si Felicity désire monter un de mes chevaux, je ne vois pas pourquoi je le lui interdirais, mademoiselle. Souvenez-vous seulement d'une règle essentielle : après une chute, le débutant doit remonter en selle le plus vite possible.

— Je le sais parfaitement, milord. Felicity est une enfant pleine d'enthousiasme, mais elle n'a que huit ans : ne serait-il pas préférable qu'elle dispose d'un poney à sa taille ?

Elle avait parlé avec une telle fermeté que le comte la considéra avec une expression de défi. Puis il capitula, de façon inattendue.

— Très bien, mademoiselle. Ma fille aura un poney. D'ici là, qu'elle monte à cheval ; je suis certain que Jackson lui trouvera une bête docile. Vous pourrez la tenir avec une longe, ou charger un garçon d'écurie de veiller à sa sécurité.

— Je vous suis reconnaissante de m'avoir écoutée, milord.

Elle lui fit une petite révérence puis sortit de la pièce sans le regarder.

Elle referma silencieusement la porte derrière elle, consciente d'avoir remporté une nouvelle victoire.

« Pourtant, pensa-t-elle, je lui suis profondément antipathique. »

4

En remontant du petit salon où elles avaient pris leur déjeuner, Felicity était tout excitée à la perspective de la promenade à cheval qu'elle allait enfin pouvoir faire.

— Je suis assez grande pour monter un cheval ! ne cessait-elle de répéter.

Atayla souhaita qu'on pût lui trouver un animal assez docile. Elle était angoissée par l'idée que nul ne se souciait que l'enfant fasse une mauvaise chute. Mais se jugeant trop sévère, elle tenta de chasser cette pensée de son esprit.

Lorsqu'elles atteignirent le dernier palier, elle eut

la surprise de voir Jardine, la servante personnelle de la douairière, sortir de sa chambre.

La vieille domestique sembla gênée de se trouver là, et croisa Atayla furtivement pour descendre l'escalier, comme une personne prise en faute.

Son attitude étonna la jeune fille qui en comprit la raison en entrant dans sa chambre : les domestiques avaient défait les malles et laissé les portes de la penderie ouvertes. Ses robes étaient serrées les unes contre les autres à l'intérieur et on avait même dû suspendre un certain nombre de toilettes à l'extérieur.

Atayla contempla sa garde-robe avec incrédulité. Jeannie entra dans la chambre et déclara :

— Je suis désolée, mademoiselle, mais nous n'avons pas pu ranger toutes vos affaires dans cette pièce, et nous avons dû en mettre une partie dans la petite chambre voisine, qui est inoccupée.

— Merci, répondit Atayla. Il me semble en effet que j'ai beaucoup de vêtements...

— Je n'ai jamais vu des robes aussi élégantes, mademoiselle, ajouta Jeannie.

Atayla suivit la servante dans la pièce voisine. C'était une chambre plus petite que celle qui lui avait été attribuée, et qui devait à l'origine être destinée à une garde d'enfants ou à de jeunes visiteurs.

L'un des murs était occupé par une vaste penderie, elle aussi pleine de robes, avec quelques vêtements également suspendus à l'extérieur. Des bonnets et des chapeaux en tout genre couvraient le lit. Le spectacle lui donna envie de rire. Comment une jeune fille qui n'avait à Tanger qu'une mauvaise robe pouvait-elle soudain posséder ce que toute jeune épousée eût considéré comme un splendide trousseau ? Elle fut emplie de reconnaissance envers la généreuse comtesse, mais elle ne commit pas l'erreur d'avouer la provenance de ces vêtements.

« Tant que je suis au château il est préférable de laisser croire que j'ai été riche autrefois et que j'ai subi des revers de fortune », se dit-elle.

Cette explication était très plausible et permettait d'éviter que les serviteurs ne s'indignassent de la voir porter des vêtements ayant appartenu à une femme dont ils condamnaient la conduite. Le comte lui-même aurait pu saisir ce prétexte pour la congédier.

« Je dois me montrer très prudente », pensa-t-elle.

Mais elle se promit d'examiner chacune de ces robes magnifiques dès qu'elle en aurait le temps, certaine que ces vêtements possédaient le pouvoir de métamorphoser la chenille en papillon.

Ce n'était pas le moment de s'abandonner à ces rêves car Felicity s'impatientait.

— Où est mon habit d'équitation ? Je veux mon habit d'amazone !

Suivies par Jeannie, Atayla et Felicity se rendirent dans la chambre de l'enfant, contiguë à la nursery. Avant d'entrer, Atayla demanda par-dessus son épaule :

— Avez-vous trouvé un habit d'amazone, dans mes bagages ?

— Oh, oui ! mademoiselle, ainsi qu'un chapeau que j'ai laissé dans son carton, car j'ignorais que vous en auriez besoin.

Les vêtements de la petite fille avaient également été sortis des malles ; Felicity possédait plusieurs tenues spécialement conçues pour pratiquer l'équitation. Mais la plupart étaient faites dans un tissu piqué léger et élégant, qui ne pouvait convenir qu'au climat de Tanger ; Jeannie avait gardé à part les plus confortables qu'elle examinait en hésitant.

— Mademoiselle, voici une tenue qui me semble plus récente que les autres, et la robe a une jupe-culotte.

— Je peux monter sur une selle d'amazone, protesta Felicity sur un ton méprisant.

Mais Atayla estima que si Felicity montait un cheval, il serait moins dangereux pour elle de monter à califourchon. Elle convainquit l'enfant de se laisser habiller par Jeannie pendant qu'elle allait revêtir dans sa chambre sa propre tenue.

Elle fut extrêmement surprise par sa sobriété : comme la comtesse faisait venir tous ses vêtements de Paris, elle s'était attendue à découvrir une robe d'amazone très élégante, aux couleurs vives, bien différente de celle que portait sa mère et dont elle gardait un souvenir précis. C'était un ensemble très strict dont Mme Lindsay disait avec fierté qu'il provenait de chez le meilleur tailleur londonien.

— Personne ne peut égaler Busvin, affirmait-elle. Mais je n'ai malheureusement pu lui faire qu'une seule commande dans mon existence !

Par une étrange coïncidence, l'habit qu'Atayla sortait de la penderie venait justement de chez Busvin et il avait été coupé dans un tissu sombre, presque noir.

« Au moins aurai-je l'allure respectable d'une authentique gouvernante », se dit-elle en souriant.

Mais le comte ne pourrait sans doute pas la voir, pas plus que sa grand-mère qui s'était montrée si critique à son égard.

Elle revêtit cet habit à la coupe irréprochable, qui lui parut avoir plus servi qu'elle ne s'y serait attendue. Et, comme elle s'admirait dans le miroir en notant à quel point la veste était ajustée et sa taille fine, elle songea brusquement que la comtesse avait dû le porter lorsqu'elle vivait encore dans ce château.

Atayla se reprocha de ne pas y avoir songé plus tôt. Elle craignait qu'on pût le reconnaître : mais elle chassa cette pensée ridicule : les habits d'amazone se ressemblaient tous, et il n'existait pas la moindre raison de croire que la comtesse avait conservé des effets datant de sa vie en Angleterre.

Atayla noua soigneusement autour de son cou une cravate blanche qu'elle avait découverte dans un tiroir, où Jeannie avait également rangé les gants et les mouchoirs. Elle entendit Felicity l'appeler et chercha rapidement du regard le chapeau. Jeannie entra dans la pièce à cet instant.

— Votre chapeau d'amazone est ici, mademoiselle, fit-elle en lui tendant un de ces petits hauts-de-forme que les ladies portaient pour la chasse à courre.

Elle s'était déjà peignée et avait retenu sa chevelure sur sa nuque par un grand nombre d'épingles. Quand elle eut mis le chapeau, elle jugea que sa tenue était irréprochable, mais personne ne pouvait le lui confirmer.

— Je suis prête, mademoiselle, cria Felicity sur le seuil. Hâtez-vous !

— Je me dépêche, répondit Atayla, en abandonnant le miroir.

Jeannie lui tendit une paire de gants parfaitement adaptés à sa tenue : Atayla se demanda si elle aurait été capable de les choisir elle-même. « L'important, c'est de les avoir, pensa-t-elle, et de pouvoir accompagner Felicity sans devoir la regarder partir avec un garçon d'écurie. »

On avait fait amener les chevaux devant l'entrée principale. Elle aida Felicity à se mettre en selle sur la petite jument que Jackson lui avait choisie, et regarda avec amusement le cheval noir avec une étoile blanche entre les naseaux, un animal calme et bien dressé, qui lui était destiné. Elle pensa à la surprise qu'aurait le palefrenier s'il apprenait quels animaux extraordinaires elle avait montés, au cours de toutes ces années passées auprès de son père. Les chevaux arabes, ses préférés, étaient souvent presque impossibles à monter tant qu'on n'était pas parvenu à leur montrer qui était le maître !

Cependant, elle se trouvait en selle, ce qui lui procurait un bonheur inexprimable.

Elle prit la longe que le garçon d'écurie lui tendait en disant :

— M. Jackson pense que, pour la première fois, je devrais vous accompagner, mademoiselle.

— Voilà qui me paraît une excellente idée, répondit Atayla. Il est extrêmement important que Mademoiselle puisse profiter de cette promenade sans avoir peur.

— Je n'ai pas peur ! l'interrompit Felicity qui tendait l'oreille. Je suis une très, très bonne cavalière. Père a toujours été forcé de l'admettre, même si cela ne lui faisait pas plaisir.

Poussée par la curiosité, Atayla ne put s'empêcher de demander :

— Et pourquoi était-il ennuyé de constater que vous êtes une bonne cavalière ?

— Parce que je suis anglaise et que maman lui avait dit que papa était le meilleur cavalier d'Angleterre.

Atayla s'abstint de faire le moindre commentaire. Elle souhaita seulement que l'enfant ne fasse pas ce genre de réflexions devant son père ou son arrière-grand-mère.

Jeb, le garçon d'écurie, leur indiqua qu'il y avait de l'autre côté du parc une vaste prairie où l'on pouvait galoper sans danger.

Ils traversèrent prudemment le parc en se maintenant à bonne distance des arbres aux branches basses, et Felicity fut ravie de voir quelques petits cerfs qui prirent la fuite à leur approche.

— J'aimerais jouer avec eux, déclara-t-elle.

— Ils sont sauvages et pour l'instant ils ont encore peur de vous, expliqua Atayla. Mais il est possible que vous puissiez leur donner à manger, lorsqu'ils se seront habitués à votre présence.

— J'aimerais tant, fit Felicity. Et j'aimerais en apprivoiser un pour moi !

Elle avait mis tant de conviction dans l'énoncé de ce désir qu'Atayla devina que, comme tous les enfants, elle aurait souhaité posséder un animal bien à elle. Elle se promit de faire une tentative auprès du comte pour qu'il lui offre un chien. Mais il était encore trop tôt pour lui présenter une telle requête : elles devaient avant tout essayer de faire oublier leur présence, pour que l'envie de les chasser de sa demeure ne le reprenne pas.

Ils arrivèrent enfin dans la prairie qui, selon le garçon d'écurie, ne présentait aucun obstacle pour des chevaux au galop.

Atayla fit garder le trot à Felicity, avant de lui permettre de se lancer au galop ; elle put alors seulement constater que l'enfant ne s'était pas vantée lorsqu'elle avait dit être une bonne cavalière.

« Je suppose qu'elle tient ça de son père », pensa-t-elle.

Lorsqu'elles atteignirent l'extrémité de la prairie, elle lui demanda :

— Aimeriez-vous essayer sans la longe ?

Les yeux de l'enfant brillèrent, et Jeb sauta à terre pour ôter la longe et la glisser dans sa poche.

— N'allez pas trop vite au début, lui conseilla Atayla. Je resterai à vos côtés.

— Et si nous faisions une course ? proposa Felicity.

— Seulement lorsque je serai certaine que vous vous sentez sûre de vous.

— Je le suis, affirma Felicity. J'ai toujours monté mon poney sans l'aide de personne.

Et, sans plus attendre, elle s'éloigna d'Atayla, qui dut piquer des deux pour la rattraper.

Elles firent le tour de la prairie avant de revenir à leur point de départ. Atayla s'aperçut que Jeb, qu'elles avaient laissé derrière elles, n'était plus seul.

Elle se demanda aussitôt si le comte ne serait pas mécontent de voir qu'elle ne tenait pas la monture de Felicity par une longe ; mais elle pensa qu'il avait dû se rendre compte de lui-même de l'aisance de sa fille dont il était totalement inutile de tenir la monture.

Elles galopèrent dans sa direction et Felicity cria, tout en serrant la bride à son cheval :

— Regardez, papa ! Je sais monter un vrai cheval aussi bien que vous !

Le comte se rapprocha, et Atayla ne put se garder d'un sentiment d'admiration pour cet homme qui, en dépit de son caractère exécrable, était extraordinairement beau sur son grand étalon noir avec lequel il ne semblait faire qu'un.

— Vous montez bien, dit-il sèchement à Felicity, avant de faire tourner bride à l'étalon pour s'adresser à Atayla. Cette enfant est bien assez âgée pour monter en amazone. Je n'aime guère les filles qui jouent aux garçons !

Son ton catégorique et la rudesse de ses propos incitèrent Atayla à rétorquer :

— Il n'est pas question de jouer, milord. Felicity montait un cheval pour la première fois et j'ai simplement estimé que ce serait moins dangereux pour elle. J'ai également pensé que le pommeau d'une selle d'amazone serait un peu trop gros pour une enfant de son âge.

— J'ai donné pour instruction à Jackson qu'on lui achète un poney, dit le comte. Et, à l'avenir, faites en sorte que Felicity monte en amazone. Je n'aime guère les innovations en matière de comportement féminin !

Sans laisser à Atayla le temps de répondre, il s'éloigna. La jeune fille trouva ses façons absolument inadmissibles, mais elle s'abstint cependant de le dire à haute voix. Lorsqu'elle fut à la hauteur de Felicity, l'enfant fit remarquer :

— Vous ne pleurez pas ! Quand papa s'adressait ainsi à maman, elle pleurait toujours !

Atayla estima une fois de plus que la comtesse avait eu d'excellents motifs de quitter le comte, mais elle garda ses réflexions pour elle.

— Je pense que nous devrions rentrer au château, dit-elle simplement à la fillette. Jeb pourra peut-être nous faire découvrir un autre chemin que celui qui traverse le parc.

Jeb désigna un sentier qui passait par les bois et qui les conduirait au bas des jardins.

Atayla sentit son cœur vibrer au sein de ces bois d'une rare beauté : des bribes de ses rêves d'enfant remontaient à la surface et l'emplissaient d'allégresse.

Les chants d'oiseaux, les rayons de soleil se glissant entre les branches et, lorsqu'ils atteignirent le jardin, les fleurs, les pelouses vertes et les arbres qui commençaient à peine à fleurir, tout concourait à former un cadre qui lui paraissait féerique, comparé aux déserts arides qu'elle avait connus.

« Comme c'est beau ! se dit-elle. Comme on doit être heureux, ici ! »

Puis son regard s'arrêta sur le château, dont la masse sombre et menaçante se dressait devant elle : il paraissait les considérer avec autant de malveillance que son propriétaire.

Comme si le simple fait de penser au comte la plongeait dans l'angoisse et ôtait tout éclat à la lumière du soleil, elle songea à Felicity : comment faire pour que l'enfant soit heureuse et tenir la promesse qu'elle avait faite à la comtesse ?

Devant l'entrée principale Jeb se proposa pour rentrer les chevaux, mais Atayla insista pour qu'elles les conduisent jusqu'aux écuries. Elle conseilla à Felicity de remercier Jackson pour cette promenade.

— C'est papa qui m'a permis de monter à cheval, protesta la petite fille.

— Mais Jackson a choisi votre monture, l'a sellée, et a envoyé Jeb pour nous guider. Voilà pourquoi vous devez également le remercier.

Felicity réfléchit un instant, puis déclara :

— Père ne remerciait jamais les serviteurs, à la villa. Il les trouvait stupides et incompétents, et il s'emportait parfois contre eux parce qu'ils ne s'occupaient pas bien de maman.

— Ceux qui nous servent aiment qu'on leur témoigne de la gratitude. Leur bonne volonté à notre égard dépend souvent de cette reconnaissance.

Felicity tint compte de cet avertissement et lorsqu'ils arrivèrent dans les écuries elle ne se fit pas prier pour remercier Jackson.

— Z'aurez bientôt un poney bien à vous,

mam'selle, dit Jackson. J'en connais un, pas loin d'ici, et j'vais tenter de l'avoir pour demain ou après-demain.

— Je veux un gros poney, déclara catégoriquement Felicity.

— Y doit avoir juste la bonne taille pour une demoiselle de vot'âge. Et c'est un très bel animal, précisa Jackson avant de se tourner vers Atayla, pour demander : Comment ça s'est passé, mademoiselle ? J'ai pu voir qu'vous aviez l'habitude des chevaux.

— Je me suis bien amusée, merci. Mais, serait-il possible de me trouver un animal un peu plus nerveux, pour demain ? Je vous assure que je m'en sortirai très bien.

Jackson se mit à rire.

— J'ai pu le constater, mademoiselle. Croyez-moi, vous chasserez avant la fin de la saison !

— Je n'ai encore jamais chassé, déclara Atayla. Mais voilà une activité qui me plairait sans doute.

Aussitôt elle se reprocha de nourrir de vaines illusions : il était facile de deviner que le comte se débarrasserait d'elle bien avant la saison de la chasse.

C'est pourquoi, lorsqu'elles rentrèrent et gravirent l'escalier, elle estima qu'elle devait jouir de chaque instant passé dans cette demeure.

Elles se rendirent directement à la nursery, où le thé venait d'être servi sur une table ronde au centre de la pièce.

C'était un thé à la manière anglaise, et Atayla ne put s'empêcher de le comparer aux maigres repas qu'elle prenait à la mission ; des gâteaux et des petits pains chauds étaient disposés dans un plat d'argent, accompagnés de diverses confitures et de miels succulents.

Cette abondance l'amena à prendre une ferme résolution : elle devait se rendre indispensable pour ne pas être chassée et se retrouver à la rue ; elle fut parcourue de frissons à cette idée. Quand elle eut terminé son thé, elle se souvint que la comtesse douairière voulait voir Felicity.

Jeannie avait déjà changé l'enfant qui avait abandonné son habit d'amazone pour une jolie robe que la femme de chambre avait jugée de circonstance.

Atayla n'était pas intervenue dans son choix, consciente que Jeannie savait sans doute bien mieux qu'elle ce qu'il convenait de porter au château.

Elle eut, de son côté, quelques difficultés à trouver dans l'importante garde-robe que la comtesse lui avait laissée un vêtement discret approprié à ses fonctions de gouvernante. Elle découvrit que le choix était en fait très limité, car les robes de la comtesse étaient toutes conçues dans des matières précieuses et raffinées. Bien qu'elle ne fût pas experte en la matière, il lui semblait que leur provenance était aussi évidente que si une étiquette *fait à Paris* avait été posée dessus.

Elle se décida enfin pour une robe de satin vert foncé qui lui parut plus discrète que les autres ; son corsage d'authentique dentelle de Venise était en partie dissimulé par un petit boléro coupé dans le même tissu que la jupe.

L'ensemble était très seyant et rehaussait la délicatesse de sa carnation tout en faisant ressortir ses yeux gris.

Elle comptait sur le fait que la douairière l'ignorerait ou même qu'on ne lui demanderait pas d'accompagner Felicity dans la chambre.

Ses espoirs furent vite déçus. Felicity pénétra en courant dans la chambre de lady Rothwell en s'exclamant :

— Est-ce que je vais pouvoir jouer avec vos bagues, comme vous me l'avez promis, grand-mère ?

La douairière adressa alors un regard menaçant à Atayla qui était restée sur le seuil, et lui ordonna :

— Entrez, jeune femme. Je veux voir la tenue que vous portez !

Atayla s'avança lentement vers le lit.

La vieille dame retira plusieurs de ses bagues qu'elle remit à Felicity pour la faire tenir tranquille puis s'exclama :

— Très élégante ! Qui a payé une robe de ce prix ? Voilà ce que j'aimerais bien savoir !

Ces insinuations malveillantes rendirent Atayla muette de stupeur. La douairière ajouta :

— Vous ne pouvez reprocher à une vieille femme qui vit retirée à la campagne, dans le Yorkshire, d'éprouver de l'intérêt pour une gouvernante qui, en dépit d'un salaire de misère — qui les paie encore, de nos jours ? — peut s'habiller chez Worth de Paris !

Atayla comprit que c'était là le résultat de la visite de Jardine dans sa chambre, et ce fut avec froideur qu'elle répondit :

— Je suis flattée de l'intérêt que milady me porte.

— Vous n'avez toujours pas répondu à ma question.

Atayla savait que si elle disait que ces vêtements lui avaient été offerts par une amie, son interlocutrice ne manquerait pas de penser que l'amie en question n'était autre que la comtesse. Son instinct la mettait en garde contre les risques qu'elle prendrait en donnant l'impression de vouloir remplacer l'ancienne maîtresse de cette maison. Elle chercha une explication plausible.

— J'ai été dans l'obligation de renouveler ma garde-robe, après avoir été victime d'une attaque de brigands, et j'ai eu la chance de me procurer à très bon compte tout ce qui m'était nécessaire.

Cette réponse ne lui paraissait pas très convaincante, mais elle n'avait pu, sur le moment, rien trouver de mieux. Avant même d'avoir achevé sa phrase, elle devina que la douairière n'était pas dupe.

— Vous n'avez certainement pas eu tout ça pour rien, mademoiselle Lindsay, se contenta de faire remarquer la vieille femme. Tout ce que je vous souhaite, c'est de rencontrer les personnes susceptibles d'apprécier votre apparence.

Atayla estima plus prudent de s'abstenir de répliquer et attendit un instant avant de demander :

— Dois-je laisser Felicity avec vous, milady, et revenir la chercher dans un quart d'heure ?

La douairière eut un petit rire.

— C'est une façon comme une autre d'éviter les questions embarrassantes, fit-elle. Très bien, j'attends avec impatience de découvrir le contenu de votre garde-robe, mademoiselle, et j'espère que vous ne me décevrez pas.

— Je l'espère également, milady.

Elle effectua une petite révérence et quitta la chambre.

« Cette femme est aussi désagréable que son petit-fils », se dit-elle.

Dans le couloir, elle se demanda comment elle pourrait occuper ce quart d'heure d'attente. Elle aurait aimé visiter le château mais il lui fallait pour cela être guidée. Elle se souvint alors que sa mère lui avait dit que toutes les demeures historiques avaient un conservateur. Elle descendit dans le vestibule pour interroger Dawson :

— Y a-t-il un conservateur, dans ce château ?

— Bien sûr, mademoiselle. Souhaitez-vous le voir ?

— J'espérais qu'il pourrait me procurer certains livres indispensables pour l'instruction de lady Felicity, dit-elle, mue par une inspiration soudaine.

— Voulez-vous me suivre, mademoiselle ?

Dawson la guida dans le couloir qui menait à la bibliothèque. Il ouvrit la porte en face et Atayla entra dans une pièce où un homme âgé, aux cheveux blancs, était assis derrière un bureau.

Des rayonnages garnissaient une partie des murs, le reste étant occupé par des plans de la propriété qu'Atayla se promit de venir étudier quand elle serait un peu plus disponible.

— Voici M. Osborne, mademoiselle, déclara Dawson. Il vous fournira sûrement tout ce que vous désirez.

Atayla serra la main de M. Osborne et lui expliqua qu'elle cherchait des livres pour lady Felicity. Puis, dès que Dawson les eut laissés, elle demanda :

— Je vous prie de pardonner mon impertinence, mais je souhaiterais que vous me fassiez visiter le château lorsque vous en aurez le temps. J'ai passé presque toute ma vie à l'étranger et je n'ai pas revu de château anglais depuis mon enfance ; vous comprenez donc à quel point cette demeure me fascine.

M. Osborne parut ravi.

— Je me ferai un plaisir de vous la faire visiter, mademoiselle Lindsay. Et j'ai des livres illustrés que lady Felicity appréciera certainement.

Il traversa le couloir et il précéda Atayla dans la bibliothèque où il lui désigna l'emplacement qu'occupaient sur le balcon les livres de voyages dont certains étaient illustrés.

Atayla savait que Felicity serait heureuse de voir des représentations de Tanger et d'autres sites du Maroc.

Elle trouva également des livres consacrés aux demeures anglaises, un ouvrage où étaient représentées les diverses espèces d'oiseaux vivant en Angleterre ; et un autre sur les cervidés pour lesquels Felicity s'était prise de passion.

— C'est exactement ce que je cherchais, déclara-t-elle. Peut-être, monsieur, pourriez-vous me procurer d'autres livres pour lady Felicity ? Elle est restée si longtemps loin de l'Angleterre qu'elle a énormément de choses à apprendre.

— Je suis enchanté qu'elle soit de retour, mademoiselle. Cette demeure n'est plus la même, depuis le départ de Madame.

— Cela a dû être un choc pour vous tous, reconnut Atayla en comprenant qu'il avait envie de parler de la comtesse.

— Surtout pour Sa Seigneurie. Le comte n'est plus le même homme, depuis qu'il vit seul, expliqua M. Osborne à voix basse, avant de s'empresser d'ajouter d'une voix normale : je vous trouverai ce que vous m'avez demandé, mademoiselle, et je vous ferai monter ces livres dans la salle de classe, ce soir ou demain matin.

A ce brusque changement de ton Atayla devina que le comte venait d'entrer dans la bibliothèque.

Elle n'avait pas besoin de se retourner : l'air qu'elle respirait semblait soudain chargé de vibrations d'antipathie. Il s'approcha d'eux et quand elle tourna lentement la tête dans sa direction, elle découvrit sans surprise qu'il fronçait les sourcils.

— J'espère que vous veillerez à ce qu'aucun des livres que vous empruntez ne soit endommagé, mademoiselle, fit-il.

— Je puis vous assurer que nous en prendrons grand soin, répondit-elle. D'autre part, milord, j'aurais besoin d'un certain nombre de livres de classe et de divers objets comme des crayons, des plumes, et des cahiers.

— N'avez-vous pas pensé à apporter tout ceci avec vous ?

— Non, admit Atayla.

— Est-ce un manque de considération pour la personne qui les avait achetés ? s'enquit le comte. Peut-être désiriez-vous simplement que j'assume mes responsabilités envers ma fille dans tous les domaines ?

Sa grossièreté scandalisa une fois de plus Atayla, qui répondit sèchement :

— A dire vrai, milord, il s'agit d'une simple omission.

— Vous avez pourtant pris la précaution d'emporter de nombreux bagages, insista le comte. Qu'il n'y ait pas une place dans l'un d'eux pour les livres de classe est assez étrange !

Atayla pensa qu'il lui était difficile de trouver des arguments susceptibles de le convaincre et elle estima que l'attaque était la plus efficace des défenses.

— Avec votre permission, milord, je préparerai la liste de ce que je considère comme indispensable à l'éducation de Felicity.

Elle releva le menton et le défia du regard. Il lui sembla que le visage du comte se détendait légèrement et qu'il était presque amusé.

— Naturellement, mademoiselle, fit-il avec un empressement exagéré. Comment pourrais-je refuser ?

— Merci, milord.

Puis, en faisant tournoyer sa robe autour d'elle, elle s'éloigna en emportant les livres que M. Osborne lui avait remis.

Lorsqu'elle revint prendre Felicity dans la chambre de la douairière, les mains et les poignets de la fillette étaient couverts de bijoux. Dès qu'Atayla parut, Felicity courut vers elle en s'exclamant :

— Voyez comme je suis belle ; et très, très riche, avec tout ceci à mes doigts !

— Que feriez-vous de ces bijoux s'ils vous appartenaient ? demanda la douairière de sa voix tranchante.

— Je les vendrais et j'achèterais beaucoup, beaucoup de chevaux ! répondit Felicity.

La douairière émit un petit rire méprisant.

— Vous ne pourrez jamais parer vos doigts ou vos poignets avec des chevaux.

Felicity rit à son tour.

— Ce serait drôle ! Mais, si je suis belle, quelqu'un m'offrira certainement des bagues et des bracelets semblables aux vôtres. Père a offert à maman beaucoup de bijoux.

Atayla inspira profondément, et la douairière déclara d'un ton sarcastique :

— Elle est bien comme sa mère ! Je vous conseille de ne pas la laisser s'exprimer ainsi devant mon petit-fils.

Atayla avait conscience que la douairière utilisait délibérément les propos tenus par Felicity pour se moquer d'elle.

Elle aida l'enfant à ôter les bijoux et la ramena vers l'étage supérieur. Elle attendit de se trouver dans la nursery pour lui faire la leçon.

— Ecoutez-moi, Felicity. Je veux que vous me promettiez de ne plus parler du comte de Soisson, cet homme que vous appelez père. Ne prononcez jamais ce nom devant votre arrière-grand-mère ou votre papa. Est-ce bien compris ?

— Papa le hait, répondit Felicity. Je me souviens

l'avoir entendu dire que c'était un « sale Français », alors que père traitait papa « d'Anglais dégénéré et prétentieux ».

— Felicity ! s'exclama Atayla. Vous ne devez pas répéter de tels propos. Ce qui s'est passé autrefois est sans importance.

— Papa faisait pleurer maman, insista Felicity. C'est parce qu'elle pleurait toujours que nous sommes parties. J'aurais été heureuse, au soleil, mais père ne m'aimait pas.

Il était évident que Felicity était une enfant trop intelligente pour qu'on pût la persuader que ce dont elle avait été le témoin innocent devait être oublié. Atayla insista néanmoins pour lui éviter des déconvenues futures.

— Felicity, vous devez me promettre de ne plus parler de votre père à personne, et tenter de ne plus penser à lui.

L'enfant haussa les épaules, un geste typiquement français qu'Atayla attribua à l'influence du comte de Soisson.

— Maman m'interdisait de parler de papa à père, et maintenant c'est de père que je ne peux plus parler. C'est complètement stupide !

— Je partage totalement votre point de vue, mais si vous voulez ne pas irriter votre papa il faut tenter de tout faire pour lui être agréable. Vous le rendrez heureux et vous serez la première à en tirer profit.

Felicity inclina la tête.

— Je pourrais donc rendre les gens heureux ? s'étonna-t-elle.

— Naturellement. Les personnes qui sont malheureuses manquent souvent d'amour. En aimant votre mère, vous l'avez rendue heureuse, et à présent vous devez essayer d'aimer votre papa.

— Il ne m'aime pas.

— Il vous aime, au fond de lui-même. Les gens sont parfois gênés de manifester l'amour qu'ils éprouvent pour quelqu'un, et il faut alors leur arracher cet aveu.

— Avec une épée ?

— Pas avec une épée, mais avec des sourires, des paroles aimables qui sont plus efficaces que les récriminations et les propos amers.

Felicity sourit.

— C'est très drôle !

— Nous en ferons un jeu. Essayez de faire rire votre papa, et vous découvrirez qu'il vous aime. C'est aussi simple que cela !

Malgré son apparente conviction, elle estimait qu'il serait très difficile pour Felicity de se faire accepter par le comte. Elle prit brusquement conscience que si la douairière, le comte et elle-même continuaient de s'affronter, c'était la petite fille qui en souffrirait le plus.

« J'emmènerais cette enfant loin d'ici, si j'avais suffisamment d'argent, pensa-t-elle. Mais c'est sa maison et j'ai promis à sa mère de l'aider. Elle n'a rien à gagner à se dresser contre son père. »

Felicity lui sembla brusquement frêle et vulnérable. Sa mère l'avait emmenée dans une maison où sa présence n'était pas souhaitée, et l'avait renvoyée là d'où elle venait comme un simple colis.

Atayla s'agenouilla et passa un bras autour de la taille de la fillette.

— Le plus important, ma chérie, c'est que vous soyez heureuse dans ce beau château, avec ces magnifiques chevaux. Et, si vous êtes heureuse, vous rendrez les gens heureux autour de vous.

La fillette la considéra un instant puis, spontanément, referma ses bras autour du cou d'Atayla.

— Je vous aime beaucoup, dit-elle. Et j'aime que vous soyez près de moi. Promettez-moi que vous... ne partirez pas et que vous ne me laisserez jamais... seule.

C'était le cri d'une enfant meurtrie par des déchirements successifs et Atayla comprit qu'elle devait la sécuriser.

— Je veux rester avec vous, dit-elle. C'est pourquoi nous devons tâcher de rendre votre papa heureux de nous avoir auprès de lui.

5

— C'est tellement merveilleux, mademoiselle ! Savez-vous qui arrive ?

Jeannie venait de faire irruption dans la nursery et Atayla, surprise, posa le livre qu'elle lisait à Felicity.

— De quoi parlez-vous ?

Elle estimait hautement improbable qu'un fait qu'on pût qualifier de « merveilleux » se produisît jamais au château, où les journées s'écoulaient sans la moindre surprise.

Le comte était parti depuis six jours et, en son absence, toute la maisonnée paraissait même s'être assoupie. Le personnel semblait plus détendu et plein d'attentions pour Felicity et pour elle.

Le cuisinier préparait des petits plats spécialement conçus pour éveiller l'appétit de l'enfant dont Atayla reconnaissait aisément l'origine française. Elle se demanda s'il avait appris ces recettes avant que la comtesse eût pris la fuite avec son amant.

Elle ne pouvait s'empêcher d'éprouver une vive curiosité pour tout ce qui concernait ces événements, mais elle évitait de poser des questions. Elle ne cessait de répéter à Felicity de ne pas parler du comte de Soisson ni même, dans la mesure du possible, de sa mère.

Elle trouvait anormal d'imposer un tel interdit à une enfant, mais elle savait par ailleurs que le simple fait de mentionner la comtesse provoquait des réactions hostiles. Elle se sentait surveillée par la douairière, qui ne lui épargnait pas les remarques caustiques et pleines de sous-entendus, parfois plus amusantes que déplaisantes.

— Vous ne vous ennuyez pas, mademoiselle Lindsay, dans ce château où il n'y a aucun homme pour admirer vos élégances ? lui avait-elle demandé la veille.

— Ce ne sont pas les occupations qui nous manquent, milady, avait répliqué Atayla. Nous avons visité le château, puis les jardins, et à présent nous avons l'intention de parcourir à cheval toute la propriété.

Elle estimait que cette réponse devait satisfaire la vieille femme, mais elle savait que son regard perçant évaluait chaque robe qu'elle portait.

Elle savait que Jardine lui avait donné une description précise des robes du soir suspendues dans la penderie mais, comme il était peu probable qu'elle ait jamais l'occasion d'en porter une seule, la vieille dame serait privée du plaisir de faire des remarques désobligeantes à leur sujet. Il ne faisait par ailleurs aucun doute que la douairière commençait à éprouver de l'affection pour Felicity.

L'enfant se rendait maintenant volontiers dans la chambre de son arrière-grand-mère qui la laissait jouer avec tous ses bijoux ; pour la distraire elle avait même demandé à Jardine d'apporter un gros coffret qu'Atayla comparait à la boîte de Pandore. Il était rempli d'émeraudes, de rubis, de diamants et de saphirs, qui se mêlaient aux longs colliers d'énormes perles, aux bracelets et aux diadèmes en brillants.

Pour Felicity, c'était la boîte à miracle : elle ornait son cou de colliers, ses poignets de bracelets et ses doigts de bagues, et on lui avait même accordé, comme s'il s'agissait d'une grande faveur, de poser les diadèmes dans ses cheveux.

— Je ressemble à une reine, avait-elle déclaré un jour. Bientôt, je pourrai m'asseoir sur un trône, comme la reine Victoria.

La douairière s'était mise à rire.

— Il vous faudra tout d'abord épouser un roi.

Après quelques instants de réflexion, Felicity avait répliqué :

— Je crois qu'il serait plus agréable de vivre avec un cheikh du désert, ou un chef bédouin. Mlle Lindsay m'a dit qu'ils possédaient des chevaux magnifiques, et que leurs sujets étaient tenus de leur obéir sans discuter s'ils ne voulaient pas être décapités !

La douairière avait regardé Atayla sans aménité.

— Voilà une leçon d'histoire extrêmement instructive, mademoiselle. Mais il serait préférable que vous en restiez à des monarques plus conventionnels.

Atayla s'était bien gardée de préciser que Felicity n'avait pas appris ces détails dans le cadre de ses leçons d'histoire, mais en l'écoutant raconter ses aventures en Afrique du Nord.

Ces récits intéressaient d'autant plus la fillette que pendant son séjour au Maroc elle avait eu l'occasion de se rendre aux limites du désert, qui était devenu pour elle une réalité tangible.

Cependant, Atayla avait estimé imprudent de rappeler cette période de la vie de l'enfant et elle s'était contentée de répondre :

— Je tiendrai compte de vos remarques, milady.

La douairière avait été surprise par cette docilité inattendue.

Ces visites à la vieille lady n'occupaient pas toutes leurs journées dont les plus belles heures étaient consacrées aux promenades à cheval à travers la propriété. Souvent, elles rencontraient des fermiers qui saluaient l'enfant avec chaleur. Atayla savait que le retour de l'enfant à Roth Castle avait étonné tout le monde, mais jamais aucun d'eux n'osa poser la moindre question à ce sujet.

A leur retour elles appréciaient les repas copieux et délicieux qu'on leur servait et elles allaient se coucher tôt. Atayla, qui n'était plus tourmentée par la crainte d'être chassée, dormait paisiblement et elle avait beaucoup changé depuis son arrivée : tout en restant mince elle avait pris du poids, et ses yeux et ses cheveux brillaient d'un nouvel éclat.

La blessure de son épaule s'était refermée, elle n'avait plus besoin de la protéger par un bandage, même si la cicatrice était toujours fragile et boursouflée. Chaque fois qu'elle l'examinait, elle espérait avec ferveur qu'un jour, comme l'avait promis le chirurgien, elle s'estomperait pour ne plus former qu'une ligne de chair un peu plus claire.

Elle lui rappelait toutefois l'horreur des événements auxquels elle devait cette blessure et les circonstances tragiques de la mort de son père qu'elle s'efforçait d'oublier pour ne penser qu'à l'avenir.

Atayla aimait Felicity et son affection était payée de retour. Elle avait conscience de représenter pour la fillette l'unique élément stable dans son existence tourmentée ; souvent, la nuit, elle songeait avec appréhension au traumatisme que subirait la petite fille si le comte décidait brusquement de se passer de ses services.

Elle se disait ensuite qu'elle s'inquiétait inutilement, et qu'en dépit de son aversion manifeste, le comte n'avait aucune raison de renvoyer une gouvernante qui faisait preuve de compétence.

Jeannie venait donc de faire brusquement irruption dans la pièce. Atayla leva les yeux et demanda en souriant :

— Qui donc arrive ?

— Vous n'allez pas le croire, mademoiselle, répondit Jeannie en s'avançant dans la nursery. Mais Son Altesse Royale le prince de Galles doit venir dîner ici, demain soir.

Atayla la fixa, stupéfaite.

— Est-ce bien sûr ?

— Oui, mademoiselle. Sa Seigneurie vient de rentrer et elle a donné à M. Dawson des instructions pour qu'on prépare un dîner de quatorze couverts !

Atayla avait peine à croire à la réalité d'un tel événement. Jeannie ajouta :

— Son Altesse Royale, qu'accompagne naturellement Mme Keppel, se trouve chez le marquis et la marquise de Doncaster. Sa Seigneurie a dit à M. Dawson que le prince de Galles avait manifesté son désir de visiter le château, dont il avait beaucoup entendu parler. M. Osborne lui servira de guide après le dîner !

— Le roi doit-il venir ici ? s'enquit Felicity.

— Non, pas le roi, ma chérie, répondit Atayla. Mais le prince de Galles, qui sera roi un jour.

Elle se dit en elle-même qu'il attendait ce titre depuis longtemps et que la reine Victoria, qui avait célébré deux ans plus tôt le soixantième anniversaire de son couronnement, risquait de conserver son trône pendant encore bien des années.

Mais Jeannie ne lui avait pas encore annoncé le plus étonnant :

— Trois personnes resteront au château, mademoiselle. Le marquis et la marquise de Wick — c'est une femme charmante, qui a déjà séjourné ici — et un autre gentleman.

Atayla en fut d'autant plus surprise que depuis son arrivée au château, elle s'était imaginé que le comte ne recevait jamais et vivait en ermite.

— Si vous sortez sur le palier, il vous sera possible d'apercevoir Son Altesse Royale à son arrivée, ajouta Jeannie. J'ai entendu dire que Mme Keppel était très séduisante.

Atayla se doutait qu'elle allait poursuivre avec quelques réflexions indiscrètes sur la favorite du prince de Galles, et elle tenta de l'en empêcher d'un geste mais Jeannie était bien trop excitée pour le remarquer.

— Oh ! j'aurais préféré voir la princesse Alexandra, car on dit qu'elle est très belle. Mais Mme Keppel la vaut bien ! C'est ce que pense le prince, en tout cas !

Son rire résonna dans la pièce. Atayla savait parfaitement que la liaison du prince était l'un des sujets de discussion favoris des domestiques.

Elle conduisit Felicity auprès de son arrière-grand-mère juste après l'heure du thé, ce qui lui permit naturellement d'avoir aussi l'opinion de la douairière.

— Je suppose que, comme tout le monde dans cette maison, vous êtes tout émoustillée à la pensée de voir un véritable prince, fit la douairière.

— Un jour, il sera roi, fit remarquer Felicity.

— Ce jour-là il sera bien trop vieux pour pouvoir

en profiter ! rétorqua la douairière. Mais il dispose d'autres moyens de passer le temps et, d'après ce que j'ai entendu dire, il serait amoureux de cette Mme Keppel comme un jeune homme de sa première maîtresse.

Atayla pensa que ce n'était pas le genre de propos à tenir devant une enfant, mais Felicity était heureusement trop occupée à se couvrir de bijoux pour prêter attention à ces paroles.

— Quoi qu'il en soit, voilà qui mettra un peu d'animation dans ce château lugubre. Et cela devrait faire le plus grand bien à mon petit-fils. Ce n'est pas qu'il s'ennuie, lorsqu'il se trouve à Londres... J'ai mes propres méthodes pour me tenir au courant de ce qu'il y fait.

— Je pense qu'il est temps que nous remontions, milady, déclara Atayla. Rendez ces bijoux à votre grand-mère, Felicity, et remerciez-la de vous avoir permis de jouer avec eux.

— Seriez-vous choquée ? s'enquit la douairière en riant. Votre expression vertueuse ne saurait m'abuser ! Je crois plutôt que vous êtes dépitée de ne pouvoir vous mêler aux convives dans l'une de vos robes de chez Worth.

— Je me contenterai du récit de la soirée qu'on me fera ensuite, répliqua Atayla. Mais je suis sincèrement désolée que vous ne puissiez servir d'hôtesse à Sa Seigneurie, milady.

Elle avait parlé avec douceur, mais la douairière comprit qu'elle lui rendait la monnaie de sa pièce et elle rit.

— Je suis trop vieille pour attacher de l'importance à ce genre de choses ; mais vous, vous vous morfondez dans cette nursery où aucun homme ne vient vous admirer.

Atayla ne put s'empêcher de rire à son tour.

— La compagnie des ours en peluche me suffit, milady ! répliqua-t-elle.

Quand elle raccompagna Felicity à l'étage supérieur, elle estima qu'elle avait eu le dernier mot.

La prochaine visite du prince de Galles au château stimulait toutes les énergies et créa une diversion qui amusa Atayla.

Le lendemain matin, lorsqu'elle redescendit après le petit déjeuner pour conduire Felicity aux écuries, le rez-de-chaussée était investi par les domestiques affairés à balayer, épousseter, récurer et polir.

« On dirait une fourmilière ! » pensa-t-elle, en comparant leur travail aux énormes monticules de terre qu'elle avait vu ériger dans les montagnes du Rif. Bien que le comte ne se fût pas montré depuis son retour, sa présence semblait emplir les lieux.

Jackson vint les accueillir dès leur arrivée dans les écuries, mais il était évident qu'il pensait aux réjouissances qui auraient lieu le soir et qu'il accordait moins d'attention que de coutume à la sortie de Felicity.

Son nouveau poney, un joli petit animal, fut amené au montoir. Il était suivi par Rollo, un cheval qu'Atayla affectionnait tout particulièrement : il avait une robe presque entièrement noire, à l'exception du fanon, et il était jeune et enclin à se montrer ombrageux. Ses sautes d'humeur réjouissaient Atayla qui était certaine de pouvoir garder le contrôle de l'animal en dépit de ses velléités d'indépendance.

— C'matin, j'pourrai pas vous faire accompagner par un valet d'écurie, mademoiselle, déclara Jackson. J'espère qu'vous m'excuserez, mais Jeb a beaucoup de travail à nettoyer les stalles.

Atayla eut un mouvement de surprise, car il lui

semblait peu probable que Son Altesse Royale vînt visiter les écuries.

Elle se souvint alors que le comte aurait d'autres invités qui, eux, souhaiteraient peut-être admirer ses chevaux.

— Tout ira bien, Jackson, répondit-elle.

Elle prit avec Felicity le chemin qui traversait le parc.

— Ferons-nous une course, ce matin ? demanda la petite fille.

— Oui, naturellement. Mais je vous laisserai un peu plus d'avance qu'hier.

La veille, en effet, elle avait eu des difficultés à retenir Rollo, afin qu'elles arrivent ex aequo.

— Aujourd'hui, Libellule remportera la victoire ! déclara catégoriquement Felicity.

Quand elles arrivèrent dans la prairie, Atayla découvrit qu'elles n'étaient pas seules : le comte était venu à travers bois sur son étalon favori. En le voyant, Felicity ne put retenir un petit cri de plaisir.

— Venez vous joindre à nous, papa ! s'écria-t-elle. Je courrai contre mademoiselle et contre vous. Libellule est si rapide que je suis certaine de pouvoir vous battre tous les deux !

Le comte haussa les sourcils, puis s'adressa à Atayla.

— Quel est ce nouveau jeu ?

— Felicity aime les courses, et c'est une excellente cavalière, ce qui ne me surprend pas.

Pour la première fois depuis qu'elle le connaissait, elle vit le comte sourire.

— Serait-ce un compliment ?

— Une simple constatation.

— Parfait, je vais faire la course contre vous deux.

Atayla adressa un regard à l'étalon, avant de dire :

— Il faudra accorder à Felicity une longueur d'avance, et à moi également.

Le comte resta sur place, pendant que Felicity allait se placer en tête ; Atayla s'arrêta à mi-chemin entre eux deux. Puis lord Rothwell effectua un compte à rebours et donna le signal du départ. Felicity s'élança avec une rapidité et une adresse qui, pensa Atayla, ne pouvaient manquer d'impressionner son père.

Observer Felicity et retenir Rollo pour qu'il ne dépasse pas l'enfant l'absorbaient à tel point qu'elles touchaient presque au but lorsqu'elle prit conscience que le comte avait imité ses efforts. Elle lui adressa un bref sourire de reconnaissance ; puis, en voyant Felicity bondir au loin, elle éperonna légèrement sa monture dans l'espoir de pouvoir le battre.

Mais elle comprit aussitôt que cet espoir était vain.

Après la course, le comte déclara :

— Un jour, mademoiselle, je me mesurerai à vous sans vous laisser d'avance.

— J'en serai ravie. Mais en ce cas, milord, je vous demanderai de me laisser le choix du cheval.

— Prétendez-vous vraiment pouvoir monter Dragon Vert ?

Comprenant qu'il parlait de son étalon, Atayla répondit :

— Cela ne fait aucun doute !

Devant le scepticisme du comte, elle ajouta :

— Savez-vous, milord, que j'ai eu l'occasion de monter des juments arabes ? Vous n'ignorez pas que ce sont les bêtes les meilleures et les plus rapides qui existent, avant d'être dressées.

Pendant que le comte se remettait de sa surprise, elle rejoignit Felicity avec laquelle elle s'éloigna en direction du château.

Le comte ne chercha pas à les rattraper et Atayla se

demanda si ses propos l'avaient réellement intrigué ou s'il les avait pris pour de la simple vantardise.

— Papa a été très gentil de se mesurer à nous, n'est-ce pas ? fit remarquer Felicity, comme elles traversaient le parc.

— Très gentil, approuva Atayla. Et il faudra lui demander de faire à nouveau la course avec nous. Si vous le voyez, cet après-midi, ne manquez pas de lui dire à quel point vous êtes heureuse qu'il soit rentré.

— Ce n'est pas pour me voir qu'il est revenu, rétorqua la petite fille ; c'est seulement parce qu'il donne une réception en l'honneur du prince de Galles.

Cette réflexion désabusée montrait que l'enfant aurait aimé que son père s'intéresse à elle. Et, en raison de l'attachement qu'elle avait pour son propre père, Atayla mesurait parfaitement l'importance que le comte pourrait prendre dans la vie de sa fille, s'il parvenait à oublier l'inconduite de sa mère.

Elle avait agi d'une façon bien cruelle en lui enlevant sa fille mais Atayla ne pouvait s'empêcher de penser qu'en raison de sa beauté, de sa fragilité et de sa sensibilité, la comtesse avait dû se sentir prisonnière dans ce château comme un oiseau en cage. En supposant même qu'elle aimât son mari et que celui-ci l'aimât, on pouvait admettre que c'était une existence bien frustrante pour une très jeune femme.

Atayla regrettait de ne pas en savoir plus sur ce couple, mais sa fierté lui interdisait de poser des questions aux domestiques qui auraient pourtant été tout disposés à lui faire des confidences.

Elle avait d'autre part la conviction que la douairière haïssait la comtesse et que tout ce qu'elle pourrait lui apprendre sur les événements malheureux serait faussé par son manque d'objectivité.

« C'est un peu comme de lire un livre dont les premiers chapitres ont disparu », se dit-elle.

Puis elle songea que ces préoccupations étaient futiles. Il était plus important de savoir si Felicity souffrait de l'absence de sa mère. Elle se posa la question en songeant à la torture qui était la sienne lorsque, allongée sur son lit, elle pensait à son propre père et qu'elle en ressentait une douleur presque physique.

Au château, c'était un tourbillon permanent d'allées et venues : on ne marchait plus, on courait.

Dans l'après-midi, Atayla devina à quelques détails que le marquis et la marquise de Wick devaient être arrivés ; lorsque Jeannie monta, après l'heure du thé, ce fut pour s'excuser de ne pas avoir aidé Felicity à se dévêtir, comme à l'accoutumée.

— Nous sommes un peu à court de personnel, en bas, dit-elle à Atayla. Mlle Jones a la migraine.

Mlle Jones était la doyenne des femmes de ménage placées sous les ordres de Mme Briercliffe, et elle souffrait de migraines parfois si violentes qu'elle devait s'allonger.

— Cela me donne un surcroît de travail, précisa Jeannie. Mme la marquise est bien accompagnée par sa femme de chambre personnelle, mais le voyage en train l'a indisposée, et nous devons nous partager son travail.

— Ne vous inquiétez pas pour nous, fit Atayla. Je sais que tout doit être prêt pour recevoir Son Altesse Royale.

— Oui, vraiment ! Et n'oubliez pas que je viendrai vous chercher, pour voir la marquise descendre dîner et la suite royale entrer dans le hall.

— Tout cela s'annonce passionnant.

Atayla savait par son père que les membres de la famille royale étaient toujours accueillis par leurs hôtes sur le seuil de leur demeure, et raccompagnés de la même manière.

— En Angleterre, seuls les membres d'une famille royale ont droit à de tels égards, disait-il. Mais dans les pays arabes le maître des lieux reçoit lui-même ses invités, que ce soit sous une tente ou dans une maison, et les raccompagne avec la plus grande politesse.

Les chefs arabes témoignaient d'ailleurs envers leurs invités d'une courtoisie qui aurait impressionné bien des Anglais : il suffisait que l'un d'eux admire chez son hôte un objet d'art ou même une belle femme pour qu'aussitôt il se le voie offrir !

— L'emporte-t-on vraiment ? avait demandé Atayla.

Son père s'était mis à rire.

— Si c'était le cas, j'aurais un véritable harem ! Non, on accepte le présent avec gratitude, puis on l'oublie !

« J'irai voir comment le comte accueille le prince, se promit Atayla, ce qui me permettra de savoir s'il est aussi hospitalier qu'un chef bédouin, ou que le cheikh qui organisa pour mon père et moi un grand festin au cours duquel nous devions manger un mets de choix : des yeux de mouton spécialement grillés à notre intention. »

Elle songea pourtant que sa curiosité aurait choqué sa mère qui la lui aurait reprochée comme indigne d'elle.

— Ce serait une attitude indigne d'une lady, maman, protesta-t-elle, comme si sa mère pouvait l'entendre. Mais je ne suis qu'une gouvernante et, comme me l'a fait remarquer le comte, une simple employée salariée.

Elle coucha Felicity et attendit qu'elle ait récité ses prières pour l'embrasser en lui souhaitant de passer une bonne nuit.

— Croyez-vous que papa fera la course avec nous, demain ? demanda Felicity.

— Il sera probablement très occupé par ses invités, répondit Atayla. Mais je suis certaine qu'après leur départ il acceptera de faire à nouveau une course, si vous le lui demandez gentiment.

— Je le ferai. Croyez-vous qu'il serait très surpris, si je l'embrassais comme je vous embrasse.

— Essayez, et vous verrez, lui conseilla Atayla. Peut-être souhaite-t-il que vous l'embrassiez, mais il ne veut pas vous le demander, par crainte d'un refus.

Felicity réfléchit un instant, puis déclara :

— J'aimerais bien embrasser papa. Toutes les domestiques le trouvent très beau, et moi aussi.

— En ce cas, embrassez-le.

Atayla éteignit la chambre et quand elle la quitta Felicity somnolait déjà.

Elle se déshabilla et prit un bain, comme chaque soir avant le dîner. Elle envisageait de mettre une ample robe d'intérieur, afin d'être plus à son aise, lorsqu'on frappa à la porte de sa chambre.

— Entrez ! fit-elle.

Quand elle vit Mme Briercliffe, Atayla fut très étonnée que l'intendante ait pris la peine de monter jusqu'au troisième étage, alors qu'elle devait être extrêmement occupée.

— Je suis venue vous annoncer que Sa Seigneurie désire que vous dîniez en bas, ce soir, déclara Mme Briercliffe, le souffle court.

— Moi, dîner en bas ? répéta Atayla, décontenancée.

— Il va falloir vous dépêcher, mademoiselle, car le prince doit arriver dans moins d'une heure.

— J'avoue ne pas bien comprendre la situation.

— C'est à cause de lady Bellew, mademoiselle, une invitée. Elle n'habite qu'à deux kilomètres d'ici, et son mari est le shérif du comté.

Comme Atayla semblait toujours aussi ahurie, Mme Briercliffe ajouta :

— Un valet d'écurie vient d'apporter un message nous annonçant que sa maîtresse était désolée, mais qu'un rhume l'obligeait à rester alitée et qu'elle ne pourrait venir dîner ce soir.

— Son époux viendra-t-il ?

— Oui, mademoiselle. Mais cela ramène à treize le nombre des convives, et il est trop tard pour inviter quelqu'un d'autre.

Atayla rit doucement.

— Voulez-vous dire, madame Briercliffe, que Sa Seigneurie me demande de dîner en compagnie de ses invités ?

— Oui, mademoiselle, et vous serez parfaite dans l'une de ces robes magnifiques que je n'aurais jamais cru vous voir porter un jour.

— Je ne le croyais pas, moi non plus, avoua Atayla.

Qu'elle pût dîner en compagnie du prince de Galles à la table du comte était tellement extraordinaire qu'elle hésitait encore à se laisser aller à sa joie. Elle se leva d'un bond.

— L'ennui, madame Briercliffe, c'est que je ne sais vraiment pas quelle robe mettre ! Jeannie pourrait-elle venir m'aider ? Je sais que vous avez déjà beaucoup à faire.

— Bien sûr, mademoiselle. Mais quand Sa Seigneurie m'a demandé de vous faire prévenir que vous deviez dîner en bas, j'ai estimé normal de venir vous l'annoncer personnellement.

— Je suis folle de joie ! C'est tellement inattendu.

Son brusque enthousiasme fit sourire Mme Briercliffe.

— Autour de cette table, aucune lady ne sera aussi élégante que vous, j'en suis persuadée !

— Merci.

Mme Briercliffe se dirigea vers la porte.

— Je vais vous envoyer Jeannie, mademoiselle. Et ne soyez pas en retard ! Tous les invités doivent se trouver dans le salon avant l'arrivée du prince.

— J'y serai, promit Atayla, qui entreprit aussitôt de brosser sa chevelure.

Elle se félicita de s'être lavé les cheveux la veille au soir : ils étaient soyeux et faciles à coiffer. Elle estima cependant que ce serait une erreur d'essayer une nouvelle coiffure, et elle les remonta sur la nuque pour faire son chignon habituel.

La jeune fille plantait les dernières épingles dans ses cheveux, quand Jeannie entra précipitamment dans la pièce.

— Oh ! mademoiselle, lorsque Mme Briercliffe m'a appris que non seulement vous alliez voir le prince de Galles mais encore que vous lui parleriez, je n'arrivais pas à le croire ! C'est tellement merveilleux !

— Il me faut choisir la robe que je mettrai. Selon vous, laquelle m'irait le mieux ?

Jeannie réfléchit un moment, avant de répondre :

— Je sais quelle robe j'aimerais vous voir porter, mademoiselle. Quand je l'ai sortie de la malle, j'ai eu l'impression qu'un rayon de soleil illuminait cette triste demeure !

En pensant qu'elle n'aurait jamais l'occasion de les

porter, Atayla avait sorti toutes ses robes du soir de la penderie, pour aller les ranger dans la pièce voisine.

Jeannie disparut dans l'autre chambre et revint en tenant à bout de bras pour éviter de la froisser une robe qu'Atayla avait elle-même considérée comme étant la plus belle de toutes celles que la comtesse lui avait données.

Elle était faite dans une soie or, de la nuance exacte de ses cheveux, et l'ourlet que soulevaient d'innombrables volants de tulle pointillé de paillettes irisées était entièrement rebrodé. Un motif pailleté ornait également la jupe et le corsage, d'où s'échappaient des volants qui entouraient le décolleté et formaient de petites manches bouffantes dissimulant la partie supérieure des bras. Atayla s'aperçut avec soulagement qu'ils couvraient entièrement sa blessure à l'épaule.

Lorsque Jeannie eut boutonné le vêtement, la jeune fille constata que cette robe, en outre, accentuait la finesse de sa taille et lui donnait une grâce qu'elle n'avait jamais imaginé posséder.

La comparaison avec un rayon de soleil n'était pas sans fondement et les magnifiques broderies lui permettaient d'espérer qu'on ne remarquerait pas qu'elle ne portait aucun bijou, alors que les autres femmes ne manqueraient pas de faire étalage des leurs en présence de Son Altesse Royale.

Atayla se souvenait qu'on lui avait dit un jour que le prince de Galles souhaitait que chaque femme conviée à un dîner auquel il assistait portât un diadème.

« Ce soir, il devra m'accepter comme je suis ! » se dit-elle.

Mais Jeannie s'exclama :

— Mademoiselle, saviez-vous qu'il y a des petits

bouquets de fleurs en paillettes assortis à la robe ?

— Non, je l'ignorais, répondit Atayla. Où les avez-vous mis ?

Jeannie courut dans la pièce voisine, d'où elle revint avec deux petits bouquets qui scintillaient autant que les bijoux les plus précieux. Elle les plaça de chaque côté du chignon d'Atayla, mettant ainsi une touche finale à sa toilette.

Elle enfila ensuite de longs gants de satin. Comme les chaussures de la comtesse, ils étaient un peu justes, mais elle savait qu'on ne pouvait serrer la main du prince de Galles sans porter de gants : c'eût été un crime de lèse-majesté.

— Vous êtes ravissante, mademoiselle ! s'exclama Jeannie lorsqu'elle fut prête. Si Mme Keppel était jalouse de vous, cela ne me surprendrait guère !

Atayla se mit à rire.

— Voilà qui serait pour le moins extraordinaire !

Cependant, lorsqu'elle descendit le grand escalier, son cœur battait la chamade à la pensée qu'elle allait pénétrer dans un monde nouveau pour elle, bien que sa mère lui en ait parlé comme du monde qui était le sien, avant qu'elle n'épousât son père. C'était d'ailleurs avec une note de regret dans la voix qu'elle lui racontait les réceptions et les bals que ses parents avaient donnés en son honneur, et Atayla supposait qu'elle aurait souhaité que sa fille en fît partie à son tour.

— Mais je crains que tu en sois définitivement exclue, ma chérie, lui avait-elle dit. J'aurais pourtant été fière de te présenter à la cour et, pour ton premier bal, de te voir valser avec de séduisants cavaliers.

— Je ne participerai peut-être pas à de telles fêtes, maman, fit Atayla en s'adressant à sa mère disparue. Mais je rencontrerai le prince de Galles, et tu vas devoir m'aider à ne pas commettre d'impairs si tu ne veux pas avoir honte de moi.

Dawson attendait au bas des marches, et son expression de surprise et de ravissement tout à la fois la rassura.

— Vous êtes un régal pour les yeux, mademoiselle ! déclara-t-il d'un ton solennel qui fit rire Atayla.

Le majordome la précéda dans le hall et lui ouvrit la porte du salon.

C'était une pièce imposante où Atayla était venue en compagnie de Felicity ; à la lumière des énormes candélabres qu'on avait allumés elle la trouva splendide. Des bouquets de fleurs disposés un peu partout atténuaient l'austérité du décor. Atayla avait l'impression d'avancer sur une scène de théâtre. Mais elle ignorait quel rôle lui avait été attribué !

Deux hommes se tenaient à l'autre extrémité de la pièce et Dawson annonça :

— Mlle Lindsay, milord !

Pendant un bref instant, elle fut si intimidée que le décor sembla vaciller autour d'elle.

Puis le comte vint vers elle : c'était la première fois qu'elle le voyait en tenue de soirée et avec la poitrine couverte de décorations. Elle le trouva non seulement plus séduisant, mais encore plus impressionnant qu'à l'accoutumée.

— Je vous suis très reconnaissant d'avoir accepté de me tirer d'une situation embarrassante, mademoiselle, lui dit-il quand il fut près d'elle ; j'aurais été bien incapable de désigner l'invité qu'il fallait mettre à la porte.

— Je vous suis pour ma part très reconnaissante de m'avoir permis de me rendre utile, milord.

Tout en parlant, ils s'étaient dirigés vers la cheminée, où se tenait son premier invité.

— Puis-je vous présenter sir Christopher Hogarth, un vieil ami ? Christopher, voici Mlle Lindsay qui a si obligeamment accepté de sauver la situation.

Sir Christopher, un bel homme sans doute un peu plus âgé que le comte, déclara :

— Etes-vous une étoile descendue du firmament pour sauver notre hôte, mademoiselle, ou l'ultime rayon du soleil qui s'attarde après le crépuscule ?

Atayla sourit.

— Je vous trouve d'humeur bien poétique, Christopher ! s'exclama le comte.

La nuance péjorative contenue dans cette remarque était parfaitement perceptible, mais, avant que sir Christopher pût trouver une repartie, le majordome annonça :

— Le marquis et la marquise de Wick, milord !

Si le marquis était déjà un vieillard, la marquise, une femme entre deux âges, gardait une certaine séduction.

Ses bijoux brillaient de tous leurs feux et un diadème de diamants ornait ses cheveux ; mais Atayla estima que si sa robe était très belle, elle n'était pas aussi élégante que la sienne.

On procéda aux présentations, puis le comte jeta un regard à la pendule, et déclara :

— Je devrais aller attendre dans le hall. Je suis persuadé que le marquis de Doncaster étant très ponctuel, Son Altesse Royale arrivera ici à l'heure.

— Je ferai très volontiers office de maître de maison jusqu'à votre retour, Valor, dit sir Christopher.

Il engagea une conversation animée avec la marquise qu'il connaissait bien, mais son regard ne quittait pas Atayla, même s'il paraissait attentif aux propos de son interlocutrice. Son admiration était manifeste et redonna de l'assurance à la jeune fille qui remercia le ciel que la comtesse ait eu un goût aussi sûr pour s'habiller. Son sentiment de frustration eût été grand si elle avait dû décliner cette invitation parce qu'elle n'avait pas de tenue convenable.

Les paillettes d'or qui ornaient sa robe brillaient de mille feux à la lueur des bougies. Elle avait l'impression de vivre un rêve dont elle espérait ne pas se réveiller trop brutalement.

Le prince de Galles était un homme corpulent, réputé pour son esprit. Il était ce soir-là de très bonne humeur.

Dans sa suite se trouvait le marquis de Soveral, l'ambassadeur du Portugal. Atayla apprit que cet aristocrate brillant et spirituel avait le don d'amuser le prince et qu'il était, pour cette raison, invité à presque toutes les réceptions auxquelles Son Altesse Royale devait assister.

Mme Keppel n'était pas aussi svelte et jeune qu'Atayla s'y serait attendue mais, si sa silhouette laissait à désirer, son visage était fascinant ; en tout cas il était évident qu'il fascinait le prince.

On servit du champagne avant le dîner, et Atayla pensa qu'il donnait de l'esprit aux convives dont les propos pétillaient comme les bulles dans les verres. Lorsque sir Christopher lui prit le bras pour la conduire jusqu'à la salle à manger, elle ne put s'empêcher d'avouer :

— Cette soirée est un enchantement pour moi !

— Notre hôte m'a dit que vous étiez la gouvernante de sa fille, Felicity. Comment est-ce possible ?

— Je me demande ce qui vous surprend, fit-elle. Je suis même une excellente gouvernante !

— J'aurais plutôt pensé que vous excelliez dans d'autres domaines ! répliqua sir Christopher. Pourquoi avez-vous choisi de vivre cloîtrée dans un château aussi sinistre ?

Atayla sourit.

— Je suis contente d'être ici ; mon unique crainte est d'être chassée de cette demeure.

— Qui pourrait vouloir vous chasser ? s'exclama sir Christopher. Certainement pas lord Rothwell.

Comme Atayla se taisait, il ajouta :

— Je suis un vieil ami de Valor, je m'imagine quelle a été sa surprise en revoyant sa fille qui lui avait été enlevée il y a trois ans.

— Enlevée ?

— Il n'existe pas d'autres mots pour désigner un tel acte. Nadine est partie en emmenant l'enfant avec elle, sans donner la moindre explication à son père.

Atayla garda prudemment ses commentaires pour elle. Sir Christopher précisa :

— Nadine était une des plus belles femmes que j'aie jamais vues. Est-elle toujours aussi jolie ?

Comme Atayla hésitait à répondre, il ajouta :

— Il est inutile de me jouer la comédie, mademoiselle. Valor m'a dit que vous étiez arrivées de Tanger à l'improviste, sans vous être même annoncées. Comme la seule personne qui a pu renvoyer l'enfant à son père dans ces conditions est Nadine, c'est elle aussi qui a dû vous engager comme gouvernante, bien que vous n'en ayez pas l'allure.

Atayla sourit encore.

— Et à quoi ressemble une gouvernante, selon vous ? Tout le monde ici semble me juger incapable de remplir cette fonction en raison de mon apparence.

— Cela vous surprend-il ? demanda sir Christopher. Habillée comme vous êtes, nul ne soupçonnerait un seul instant que vous n'êtes pas une « beauté professionnelle », parfaitement à sa place dans une réception donnée en l'honneur de Son Altesse Royale !

Atayla avait entendu parler de ces « beautés professionnelles » dont les photographies se vendaient par milliers. C'étaient des jeunes femmes appartenant à la haute société, mais qui se faisaient acclamer comme des actrices. Elle supposait que la comparaison était plutôt flatteuse mais elle n'en était pas sûre.

— Eh bien ? fit sir Christopher. J'attends toujours la réponse à ma question.

— J'estime qu'il est inutile de parler d'un sujet qui bouleverse le comte, expliqua Atayla ; et c'est pourquoi je préfère garder le silence.

Sir Christopher sourit.

— C'est effectivement plus sage. Mais vous pourriez malgré tout me dire ce que vous faisiez à Tanger.

— Je n'y suis pas restée longtemps. J'arrivais en fait de Moulay Idris.

Atayla avait délibérément voulu provoquer sir Christopher qui, pensait-elle, n'avait jamais entendu parler de la ville sainte du djebel Zerhoun ; c'était le meilleur moyen de faire dévier la conversation.

Mais, à sa grande surprise, il lui adressa un regard pénétrant en disant :

— Lindsay ! Vous ne seriez pas une parente de Gordon Lindsay ?

— C'était... mon père !

— C'est incroyable ! s'exclama sir Christopher. Mais que diable faites-vous ici ?

— Vous connaissiez mon père ?

— J'ai pour lui la plus grande admiration : j'ai lu tous ses ouvrages. Mieux encore, et la coïncidence est surprenante : ma mère était aussi une Lindsay !

Atayla prit une profonde inspiration.

— Etait-elle... une parente de... mon père ?

— Très éloignée mais c'était une femme très cultivée. C'est elle qui m'a fait connaître les livres de votre père et les articles qu'il écrivait pour le *Royal Geographical Magazine*.

— Et ils vous intéressaient ?

— Ils me passionnaient.

— Papa venait d'achever un livre sur les Berbères, juste avant de mourir.

— Il est donc mort ?

— Assassiné. Nous rentrions à Tanger, avec une petite caravane : les voleurs étaient cachés derrière les collines ; ils fondirent sur nous et tuèrent tout le monde... sauf moi.

— Comment avez-vous survécu ?

— Ils me laissèrent pour morte, mais des âmes compatissantes me conduisirent à la mission de Tanger, où je fus soignée.

— Voilà bien le récit le plus fantastique qu'il m'ait été donné d'entendre ! déclara sir Christopher.

Atayla tourna ses regards vers l'autre bout de la table, où le comte était assis ; elle pensa à cet instant qu'il avait une allure aussi royale que celle de son hôte. Sans raison particulière, elle demanda à sir Christopher :

— Je vous en prie, ne dites à personne qui je suis ni d'où je viens... pouvez-vous me le promettre ?

— Voulez-vous dire que lord Rothwell ignore que votre père était Gordon Lindsay ?

— Il croit que je suis une simple gouvernante engagée par la mère de Felicity, et j'aimerais qu'il continue de le croire.

Elle ignorait ce qui la poussait à garder ses origines secrètes : craignait-elle que le comte la jugeât incapable d'assurer l'éducation de Felicity en pays civilisé, ou encore qu'il désapprouvât le genre de vie qu'elle avait menée auprès de son père ?

— Je vous en supplie, insista-t-elle. Promettez-moi de ne rien dire.

— Naturellement, dit sir Christopher. A une condition, cependant : vous devrez me parler des dernières découvertes de votre père, et me révéler le contenu de son dernier livre que je commanderai à ses éditeurs dès qu'il sera disponible !

— Il y défend des théories passionnantes, lui confia Atayla.

Atayla songea soudain qu'elle faisait peut-être preuve d'incorrection en se laissant accaparer par sir Christopher. Elle était si heureuse d'avoir rencontré quelqu'un qui connaissait son père et qui s'intéressait à ses travaux, qu'elle avait négligé le convive assis à sa gauche. Elle se tourna vers lui ; mais l'homme, un pair du royaume très âgé, était penché vers son autre voisine et lancé dans une discussion sur les chevaux qui courraient le Grand Prix du printemps, à Doncaster. Il ne souhaitait apparemment pas être interrompu. Elle se retourna donc à nouveau vers sir Christopher, qui lui déclara en souriant :

— Le sort nous favorise, car ma voisine de droite semble également absorbée par sa conversation ! Nous allons donc pouvoir poursuivre cet entretien qui est pour moi le plus passionnant que j'aie eu depuis longtemps !

Ils évoquèrent différents livres de son père et les dernières découvertes qu'il avait faites à propos des Berbères ; Atayla lui donna son opinion personnelle sur la façon dont les Français colonisaient l'Algérie depuis la bataille d'Isly.

La jeune fille était si heureuse de pouvoir parler de

sujets qui lui tenaient à cœur que ses yeux brillaient de plaisir. Elle ne manqua pas d'intriguer les invités du comte qui demandèrent qui était cette jeune femme d'une beauté exceptionnelle.

Lorsque les femmes passèrent au salon Atayla prit conscience de l'hostilité de quelques-unes d'entre elles. Pourtant Mme Keppel lui demanda de venir s'asseoir près d'elle.

— On m'a dit que vous vous occupiez de la fille de notre hôte, dit-elle. Ressemble-t-elle à sa mère ? Je l'ai rencontrée il y a quelques années, et je l'avais trouvée très belle.

— Felicity ressemble plutôt à son père.

— C'est un très bel homme, remarqua Mme Keppel. Il est seulement dommage qu'il n'ait eu qu'une fille.

— Pourquoi ? demanda Atayla.

— Parce que, comme tous les hommes, il aurait aimé avoir un héritier et qu'il lui est impossible pour l'instant de se remarier.

— Naturellement... reconnut Atayla. Je n'avais pas songé à cet aspect de la question.

— Existe-t-il un cadre plus ravissant pour élever ses enfants ? Je meurs d'impatience de visiter le château ; Son Altesse Royale s'intéresse tout particulièrement à la bibliothèque.

Quand les hommes les eurent rejointes, le comte annonça qu'il était prêt à conduire ceux et celles qui souhaitaient visiter le château auprès de M. Osborne qui attendait dans le hall. Il ajouta à l'intention de ceux qui préféraient rester au salon qu'on avait disposé des tables de jeu pour les amateurs de cartes.

— Personnellement, mademoiselle Lindsay, je souhaiterais que nous poursuivions ici notre entretien, déclara sir Christopher.

— J'ignore ce que je suis censée faire, répondit Atayla ; peut-être devrais-je me retirer...

— Que voulez-vous dire ?

— On m'a simplement demandé de tenir le rôle du quatorzième convive, sans préciser ce que je devrais faire lorsque ma présence ne serait plus indispensable.

— Elle est indispensable, en ce qui me concerne, rétorqua sir Christopher. Et je n'ai pas l'intention de vous laisser vous esquiver. Allons nous asseoir sur ce canapé ; vous ne m'avez pas encore tout dit à propos des dernières découvertes de votre père.

— Connaissez-vous l'Afrique ?

— J'y suis allé à plusieurs reprises pour chasser le gros gibier, mais pas dans les régions où vous avez séjourné. Parlez-moi des montagnes du Rif.

Atayla fut si prolixe sur le sujet que lorsque les membres de la suite royale revinrent après leur visite du château, elle eut l'impression qu'ils ne s'étaient absentés que quelques minutes.

Le marquis de Doncaster déclara :

— J'estime qu'il est temps de nous retirer, Valor. Son Altesse Royale rentre demain à Londres et, comme vous le savez, nous devons nous trouver à l'hippodrome tôt dans la matinée.

On se serra la main et, comme Atayla s'inclinait en une profonde révérence, le prince lui dit :

— Vous êtes très belle, ma chère, et si vous venez à Londres vous ferez sensation ! Je vous reverrai certainement à Malborough House.

— Je remercie Votre Altesse.

Bien qu'elle jugeât que cela fût peu probable, elle apprécia les compliments du prince qui eussent réjoui sa mère.

Puis, comme le comte allait raccompagner le

prince de Galles à la porte d'entrée, elle estima qu'il était temps pour elle de prendre congé :

— Je vais aller me coucher, dit-elle à sir Christopher. Je vous en supplie, n'oubliez pas votre promesse.

— Je ne manque jamais à ma parole ; je suis impatient d'être à demain : je brûle du désir de vous revoir et d'en apprendre davantage sur les expéditions de votre père. J'espère d'ailleurs que vous n'avez pas oublié que nous sommes parents, bien qu'à un degré éloigné !

— C'est une nouvelle capitale pour moi, car j'ignorais où je pouvais avoir de la famille, en Angleterre.

Mais comme elle ne désirait pas trop en parler elle se hâta de souhaiter une bonne nuit au marquis et à la marquise de Wick, et elle quitta précipitamment la pièce avant que sir Christopher ne pût la retenir.

Pour éviter de rencontrer le comte, elle n'emprunta pas l'escalier d'honneur et prit le couloir qui menait à l'escalier de service pour gagner sa chambre.

Une fois chez elle, elle s'abandonna à sa joie et, en se disant qu'elle venait de vivre la soirée la plus agréable de son existence, elle esquissa quelques pas de valse dans la nursery, en faisant tournoyer sa robe autour de ses chevilles.

— C'était merveilleux, merveilleux, merveilleux ! répétait-elle à haute voix. Merci, mon Dieu, pour m'avoir permis de connaître un tel bonheur !

6

Atayla était déjà plongée dans un profond sommeil quand elle fut éveillée par le bruit d'une porte qui s'ouvrait : elle se redressa avec étonnement, consciente que ce n'était pas l'heure de se lever.

Elle entendit la voix de Jeannie qui murmurait :

— Désolée de vous déranger, mademoiselle !

En ouvrant les yeux, Atayla vit la femme de chambre sur le seuil de la pièce un bougeoir à la main. Elle s'était habillée à la hâte et sa coiffe blanche était curieusement posée de coin sur ses cheveux.

— Que se passe-t-il ? demanda Atayla.

— Je suis venue vous emprunter des pansements, lui répondit Jeannie.

Sur le moment Atayla pensa qu'un accident était arrivé à Felicity.

— Qu'y a-t-il ? Qui s'est blessé ? s'écria-t-elle.

— C'est la marquise, mademoiselle. Elle s'est entaillé la main et, comme je savais que vous aviez des pansements, j'ai pensé qu'il serait plus rapide de m'adresser à vous plutôt que d'aller réveiller Mme Briercliffe.

— Oui, naturellement.

— Puis-je les prendre, mademoiselle ? Je crois que vous les gardez dans un tiroir, là-bas.

Comme Jeannie traversait la chambre, Atayla l'interrogea :

— Comment la marquise s'est-elle coupée ?

— Avec un verre, mademoiselle. Et sa main saigne beaucoup.

— Il faudra laver la blessure, puis la bander...

commença Atayla. Je ferais mieux de vous accompagner et de m'en occuper moi-même, décida-t-elle brusquement.

Elle avait acquis une certaine expérience des premiers secours à donner aux blessés au cours de ses déplacements en Afrique et elle était convaincue d'être bien plus compétente que Jeannie en ce domaine.

La femme de chambre poussa un soupir de soulagement.

— J'espérais secrètement que vous le proposeriez, mademoiselle, mais je craignais de vous importuner.

— Cela ne m'ennuie pas le moins du monde.

Elle se leva et enfila un ample déshabillé de mousseline garnie de dentelle sur la chemise de nuit diaphane que la comtesse lui avait donnée. Généralement, quand elle mettait ce vêtement, elle se disait qu'elle devrait s'en procurer un plus chaud, mais ce détail ne la préoccupait nullement à cet instant et, sans prendre la peine de vérifier sa tenue dans une glace, elle suivit Jeannie.

— Le chemin le plus direct consiste à suivre le couloir du dernier étage jusqu'à un autre escalier, expliqua la femme de chambre.

— Je vous suis.

Jeannie marchait d'un pas rapide et la flamme de la bougie vacillait dans sa main.

Elles longèrent un étroit couloir sur lequel donnaient les chambres du personnel, puis, elles empruntèrent un petit escalier de service qui s'élargissait à l'étage inférieur, où les marches disparaissaient sous un épais tapis.

Lorsqu'elles arrivèrent en bas de cet escalier, Atayla reconnut le corridor qui desservait les chambres où elle et Felicity avaient dormi le premier soir et la chambre seigneuriale occupée par le comte. Il était éclairé par des lampes à gaz qu'on laissait allumées en permanence.

Jeannie frappa à une porte qu'elle ouvrit aussitôt et Atayla reconnut la chambre qu'on avait donnée à Felicity. Comme la marquise était seule, elle supposa que son époux couchait dans la pièce voisine, qu'elle-même avait occupée.

La marquise était assise dans le grand lit à baldaquin, et elle tenait une serviette de toilette tachée de sang enroulée autour de sa main.

— Voici Mlle Lindsay, milady, annonça Jeannie. Je suis certaine qu'elle soignera votre blessure bien mieux que je ne saurais le faire.

— C'est vraiment aimable à vous de vous être dérangée, mademoiselle, répondit la marquise avec gratitude. Ma femme de chambre a pris un somnifère avant d'aller se coucher, et il était impossible de la réveiller.

— J'ai une certaine expérience de ce genre de choses, affirma Atayla. Comment vous êtes-vous coupée ?

La marquise expliqua qu'en prenant le verre d'eau posé près de son lit elle avait heurté un bougeoir et que le cristal s'était brisé entre ses doigts.

Elle déroula la serviette de toilette et Atayla put constater que plusieurs doigts étaient entaillés, ainsi que la base du pouce.

Il ne s'agissait que d'entailles superficielles, mais la marquise saignait abondamment. Atayla envoya Jeannie chercher une cuvette d'eau et lava très méticuleusement les plaies avant de les couvrir avec une compresse de coton pour stopper l'hémorragie.

Puis, elle fit un pansement avec une habileté qui dénotait une longue pratique.

— Quelle dextérité, mademoiselle ! s'exclama la marquise lorsque Atayla eut terminé. Vous vous y prenez aussi bien qu'une infirmière !

— Je sais que c'est un peu douloureux ; essayez de ne pas bouger pour ne pas rouvrir vos blessures. Demain matin, il serait bon de consulter un médecin.

La marquise soupira.

— Comment ai-je pu être aussi maladroite ? Mais c'est sans doute la question qu'on se pose toujours après un accident.

Jeannie vida l'eau dans un récipient de porcelaine placé sous la table de toilette, puis récupéra avec prudence les éclats de verre. Quand elle eut enfin ramassé les pansements, elle parut impatiente de regagner son lit.

— Essayez de dormir, dit Atayla à la marquise. Mais peut-être voulez-vous un verre d'eau, étant donné que vous n'avez pu boire tout à l'heure ?

— J'ai effectivement très soif, admit la marquise.

Atayla regarda Jeannie.

— Allez vous coucher, dit-elle. Je sais que vous devez vous lever très tôt.

— Merci, mademoiselle. Je laisserai le bougeoir au pied de l'escalier.

La femme de chambre s'éclipsa, visiblement heureuse d'être libérée. Atayla prit une carafe sur la table de toilette et remplit un verre. Elle le porta à la marquise, qui le but immédiatement.

— Après une telle frayeur il vous faudrait une tasse de thé, ou d'une autre boisson chaude, déclara Atayla. Mais je crains de ne pas pouvoir retrouver mon chemin dans l'obscurité.

La marquise sourit.

— C'est en effet risqué. Mais je vais très bien, à

présent. Je suis simplement irritée par ma propre stupidité.

— Vous vous sentirez encore mieux au réveil, affirma Atayla d'un ton rassurant.

Elle alla reposer le verre vide sur la table de toilette pour éviter un nouvel incident, puis elle souffla la bougie posée près du lit et se dirigea vers la porte ouverte en se repérant à la lueur qui provenait du couloir.

— Bonne nuit, milady.

— Bonne nuit, mademoiselle Lindsay. Et encore merci pour votre gentillesse.

La marquise s'était toujours adressée à elle à voix basse, et Atayla comprit qu'elle craignait d'éveiller son mari qui dormait dans la chambre voisine.

Elle s'engagea dans le couloir et fit en sens inverse le chemin qu'elle avait parcouru avec Jeannie ; elle essayait de se rappeler comment son père agissait en Afrique dans des cas semblables pour prévenir une infection grave des blessures provoquées par des armes ou des plantes épineuses du désert.

Elle allait atteindre l'escalier quand une porte s'ouvrit sur son passage. Son cœur bondit dans sa poitrine quand elle vit la silhouette du comte se découper dans la lumière de la chambre. Il portait une longue robe de chambre et Atayla devina qu'il avait été réveillé par le bruit.

Il considéra la jeune fille avec une expression incrédule.

— Que se passe-t-il ? Que faites-vous ici, mademoiselle ? demanda-t-il d'une voix sèche. (Et, sans lui laisser le temps de fournir la moindre explication, il ajouta avec emportement :) Mais ai-je besoin de poser cette question ? J'ai remarqué votre comportement, au cours du dîner et au salon, mais je n'aurais jamais cru que vous vous laisseriez si facilement détourner de votre but initial !

Atayla le fixa, sidérée. Alors, comme s'il était incapable de se dominer plus longtemps, il tendit la main et saisit le bras d'Atayla qu'il attira dans sa chambre.

Elle se retrouva dans une vaste pièce où une lumière brûlait à côté d'un immense lit à baldaquin ; elle ressentit une vive douleur au bras, là où les doigts du comte s'incrustaient dans sa chair. Il était en proie à une fureur si manifeste qu'elle en fut effrayée. Mais avant même qu'elle ait pu réagir, il déclara :

— J'ai tout de suite compris la raison de votre présence ici, mademoiselle ; il n'était pas difficile de deviner que ma femme vous avait chargée de me séduire afin d'obtenir le divorce. Mais je ne croyais tout de même pas que vous iriez vous conduire comme une catin avec l'un de mes invités !

— Que... que dites-vous ? Comment... osez-vous proférer de... telles horreurs... sur mon compte ?

Mais le comte l'interrompit :

— Espériez-vous que j'allais me laisser abuser par le brusque repentir de ma femme, qui me rendait ma fille au bout de trois ans ? Il aurait fallu que je sois bien stupide pour ne pas comprendre quelle est votre véritable mission ! s'exclama-t-il avec un rire moqueur. Seul un homme à la fois sourd et aveugle aurait pu vous prendre pour ce que vous prétendez être ! A-t-on jamais vu une gouvernante qui s'habille chez Worth, dont les robes doivent coûter le triple de son salaire annuel ?

— Je... je peux tout vous expliquer... tenta de dire Atayla.

— Il n'y a rien à expliquer, rétorqua le comte. Vous pouvez retourner auprès de ma femme pour lui apprendre que vous avez échoué. Votre mission est terminée et je ne m'opposerai pas à ce que vous emmeniez Felicity avec vous !

— Non ! Non ! s'écria Atayla. Je ne peux faire... cela !

— Et pourquoi tenez-vous tant à rester ici ? demanda-t-il en la fixant avec un regard dur. Vous avez dû trouver les journées bien ennuyeuses, quand je me suis absenté et que vous n'aviez plus personne à séduire ! Mais vous vous êtes rattrapée cette nuit, et j'espère que vous avez pris bien du plaisir !

— Vous devez... m'écouter, l'implora Atayla. Je vous en conjure... laissez-moi m'expliquer !

— Je ne suis pas disposé à écouter vos mensonges. Je suis certain que vous sauriez être bien plus convaincante que dans votre rôle de gouvernante !

Il avait presque craché ces mots. Puis, comme s'il prenait brusquement conscience qu'elle tremblait de terreur, il ajouta sur un ton totalement différent :

— Mais peut-être est-il cruel de vous renvoyer sur un échec. Vous êtes venue ici dans un but bien précis et je ne voudrais pas que vous soyez déçue. A moins que vous n'estimiez avoir suffisamment fait l'amour cette nuit, naturellement.

Les paroles semblaient jaillir de sa bouche comme un torrent impétueux qu'il ne pouvait plus retenir. Atayla le considéra avec des yeux affolés ; ses cheveux se constellaient d'or à la lueur des bougies. Le comte referma ses bras sur la jeune femme. Il l'attira contre lui et posa ses lèvres sur les siennes.

Il l'embrassa avec brutalité. Atayla fit des efforts désespérés pour se libérer de son étreinte mais les bras la maintenaient comme un cercle d'acier.

Brusquement, il la souleva et elle poussa un cri de terreur, tandis qu'il la lançait sur le lit.

Pendant un instant, la scène lui parut irréelle, puis elle le supplia frénétiquement :

— Je vous en prie... pitié... vous me... faites peur ! Vous... ne pouvez pas faire cela... pitié... pitié... laissez-moi... partir.

De ses mains libres, elle le repoussa violemment et se débattit pour se relever. Mais il se jeta sur elle et la contraignit à capituler.

Il la saisit par les épaules, et ses doigts s'enfoncèrent dans sa blessure. C'était comme si elle recevait un nouveau coup de poignard. La souffrance lui arracha un cri étouffé, puis elle sombra dans le néant...

Quand elle émergea des ténèbres qui l'enveloppaient, Atayla découvrit qu'elle était non seulement incapable de bouger, mais même de réfléchir.

Peu à peu elle recouvra sa lucidité et un gémissement de terreur lui échappa.

Un événement horrible s'était produit mais elle n'aurait su dire de quoi il s'agissait. Elle était prisonnière de sa peur.

Elle perçut une voix lointaine, qu'elle ne put identifier.

— Tout va bien, vous n'êtes pas en danger. Dormez.

C'était un ordre et elle n'était pas en état de résister : elle ferma les yeux et se laissa glisser dans l'inconscience.

Lorsqu'elle se réveilla, quelqu'un écartait les rideaux pour permettre au soleil de pénétrer dans la chambre.

Comme si elle craignait d'avoir à faire face à une réalité insupportable, elle garda les yeux clos jusqu'au moment où elle entendit Jeannie se déplacer dans la pièce.

La femme de chambre demanda avec une nuance d'étonnement dans la voix :

— Allez-vous bien, mademoiselle ? Je vois que vous ne vous êtes pas couchée dans vos draps, lorsque vous êtes revenue, la nuit dernière.

Atayla ouvrit enfin les yeux. Jeannie la fixait et elle s'aperçut qu'elle était allongée sur le couvre-lit, toujours vêtue de son déshabillé.

Les événements de la nuit lui revinrent à l'esprit, mais ses souvenirs s'interrompaient brusquement au moment où le comte rouvrait sa blessure et la faisait hurler de douleur. Ce qui s'était produit ensuite semblait effacé de sa mémoire.

Elle supposa que le comte l'avait portée jusqu'à sa chambre alors qu'elle était évanouie.

Comme Jeannie l'interrogeait du regard, elle expliqua d'une voix hésitante, qui lui semblait étrangère :

— Je me sentais très lasse... quand je suis... remontée... et il faisait... extrêmement chaud.

Jeannie se détourna.

— J'étais vraiment navrée de vous réveiller, mademoiselle. Mais je n'aurais jamais pu soigner la marquise aussi bien que vous l'avez fait.

Elle vida l'eau chaude qu'elle avait apportée dans une casserole de cuivre dans la cuvette de la table de toilette, et la recouvrit d'une serviette-éponge afin de retarder son refroidissement.

— Après une nuit aussi mouvementée, vous pouvez prendre votre temps pour vous lever. Je vais m'occuper de lady Felicity.

— Merci, Jeannie.

Dès qu'elle fut seule, Atayla porta sa main à son épaule.

Sa souffrance lui rappela le baiser brutal du comte, et ses propos bizarres. En réfléchissant à tout ce qui s'était passé depuis son arrivée au château, elle finit par leur trouver un sens.

Elle les rapprocha d'une conversation qu'avaient eue son père et sa mère, dont elle avait retenu qu'en Angleterre une femme qui voulait obtenir le divorce — le demander étant en soi un acte jugé comme condamnable même lorsqu'il était justifié — devait prouver l'infidélité de son époux et sa cruauté.

Il fallait sans doute chercher dans ces dispositions légales l'explication de la conduite du comte ; conduite qui n'en était pas moins insultante à l'égard d'Atayla.

« Comment a-t-il pu... penser une... telle chose de... moi ? » se demanda-t-elle, indignée.

Mais elle dut admettre que sa garde-robe, bien trop luxueuse pour une simple gouvernante, avait pu induire le comte en erreur. Croyant qu'elle lui avait été envoyée pour le pousser à commettre un acte immoral qui le placerait dans son tort, il s'était méfié d'elle depuis le début.

— C'est... c'est impossible ! dit-elle à haute voix. Comment a-t-il pu croire... une chose pareille ?

Elle se souvint alors de ce qu'elle avait éprouvé la veille en se voyant dans le miroir vêtue de sa robe ornée de paillettes et de broderies dans laquelle elle faisait penser, pour reprendre les termes de sir Christopher, à un rayon de soleil qui s'attarde après le crépuscule.

Bien sûr, ceux qui la connaissaient n'auraient jamais été s'imaginer qu'elle pût s'abaisser à commettre un acte aussi vil mais il n'était pas impossible de comprendre que le comte, dont le cœur était rongé par la haine, ait pu lui prêter de telles intentions. Pour lui elle n'était qu'une inconnue — voire une aventurière — arrivée chez lui à l'improviste avec l'enfant qu'on lui avait enlevée trois ans plus tôt.

Il lui semblait vivre un cauchemar dont elle ne pourrait jamais sortir.

Brusquement, elle se rappela que dans son emportement le comte lui avait ordonné de partir ; ou irait-elle sans argent, alors qu'elle n'avait ni amis ni famille ?

Toute l'horreur de sa situation lui apparut soudain. Une vague de découragement l'envahit. Elle avait de la peine à respirer. Lentement, elle essaya de sortir de son lit ; mais ses jambes se dérobèrent sous elle.

Elle ne savait si elle devait attribuer cette faiblesse au choc qu'elle avait subi la nuit précédente, ou à la crainte d'être chassée qu'elle devait de nouveau affronter.

Elle pensa d'abord qu'elle pourrait s'adresser à sir Christopher et lui demander de l'aider, mais elle renonça à cette idée pour ne pas accréditer les accusations que le comte avait portées contre elle ; elle préférerait mourir plutôt que d'aborder son ami, même s'ils étaient, comme il l'avait déclaré, des parents éloignés.

« Si je m'adresse à lui, le comte n'en sera que plus convaincu que je suis une femme perverse et débauchée », se dit-elle.

Elle avait peine à croire qu'on pouvait porter sur elle un tel jugement. Mais en y réfléchissant posément elle commençait à comprendre par quel processus intellectuel le comte en était arrivé à cette conclusion. Elle était victime d'un fâcheux concours de circonstances : lord Rothwell la soupçonnait déjà d'être venue au château dans le but de le séduire, lorsqu'elle avait permis à sir Christopher de la monopoliser pendant toute la soirée. Ses soupçons avaient naturellement été confirmés par sa présence à l'étage où se trouvait la chambre de son ami.

Atayla laissa échapper un cri d'horreur.

— C'est ignoble ! s'exclama-t-elle.

Elle se rendait compte qu'elle n'avait aucun moyen de le convaincre de son innocence.

« Il n'est pas étonnant qu'il me haïsse », pensa-t-elle. Mais elle se demanda ce qui permettait au comte de supposer que sa femme voulait divorcer alors que, selon le père Ignatius, le comte de Soisson était marié de son côté.

C'était une situation bien trop compliquée pour qu'elle pût en comprendre tous les aspects. Elle se dirigea vers la fenêtre pour prendre l'air, car elle se sentait si faible qu'elle craignait de perdre à nouveau connaissance.

Quand elle se sentit mieux, elle décida de s'habiller pour son petit déjeuner avec Felicity.

Ses gestes étaient maladroits tant elle était obsédée par la perspective de quitter le château alors qu'elle n'avait nulle part où aller.

— Vous semblez épuisée, mademoiselle ! s'exclama Jeannie qui venait d'entrer dans la nursery. Vous devriez aller vous allonger, pendant que je m'occupe de lady Felicity.

— Je vais très bien, mentit Atayla. Mais j'aimerais que vous vous arrangiez pour que Felicity puisse aller faire sa promenade à cheval avec Jeb, ce matin. Je crains de ne pas pouvoir l'accompagner.

— Oui, naturellement. Je vais envoyer immédiatement un valet de pied aux écuries.

— C'est avec vous que je veux y aller, mademoiselle ! s'écria Felicity en relevant la tête. C'est bien plus amusant !

— Je sais, ma chérie. Mais j'ai la migraine, ce matin, et vous devrez vous contenter de la compagnie de Jeb. Peut-être ferons-nous une autre promenade cet après-midi, si je vais mieux.

— Ce serait merveilleux ! s'exclama Felicity. Et il n'y aura pas de leçons ?

— Pas ce matin.

Atayla faillit ajouter : « Et plus jamais, avec moi en tout cas. » Mais une telle remarque eût bouleversé l'enfant. Le cœur de la jeune fille se serra et des larmes lui montèrent aux yeux.

Elle ne voulait pas quitter le château où elle se sentait retenue par l'amour qu'elle portait à Felicity mais aussi par le charme qu'elle trouvait à la vie qu'elle y menait, si différente de celle qui avait été la sienne jusque-là.

Elle but une tasse de thé qui la réconforta, mais elle fut incapable de manger quoi que ce soit.

Jeannie plaça la bombe de velours sur la tête de la fillette, l'aida à enfiler sa veste, et lui tendit sa cravache et ses gants.

— Je vais l'accompagner, mademoiselle, dit-elle. Et si vous voulez mon avis, vous devriez retourner vous coucher et dormir pendant une heure ou deux. Personne ne viendra vous déranger.

— Merci, répondit Atayla d'une voix faible.

Felicity lui tendit la joue sur laquelle elle déposa un baiser.

— Je vous raconterai à mon retour tout ce qui s'est passé, mademoiselle. Mais avec Jeb, ce sera bien moins amusant que si je pouvais faire une course contre vous.

— Obéissez à Jeb, et prenez garde de ne pas tomber.

— Je connais bien les chevaux ; je tiens ça de papa.

Felicity se précipita dans l'escalier avec Jeannie, et Atayla regagna sa chambre.

Elle resta perplexe devant la penderie débordante de robes, se demandant comment elle allait pouvoir tout emporter. La même question, lancinante, se présentait à son esprit : où irait-elle avec le peu d'argent dont elle disposait ?

Elle décida de faire preuve d'un peu de sens pratique : elle alla prendre son sac dans un tiroir et en sortit sa bourse. Elle en vida le contenu sur la couverture du lit, qu'on avait fait pendant qu'elle prenait son petit déjeuner. Il y avait trois billets d'une livre, deux demi-souverains et trois shillings. C'était tout ce qui lui restait de la somme que la comtesse lui avait remise à Tanger.

Atayla fixa le maigre pécule avec désespoir, se demandant comment il lui serait possible de survivre tant qu'elle n'aurait pas trouvé d'emploi.

Elle regrettait maintenant de ne pas s'être préoccupée de la distance qui la séparait du Northumberland depuis son arrivée.

« C'est pourtant mon seul point d'attache en Angleterre, pensa-t-elle ; avec un peu de chance la famille de papa y vit toujours. »

Elle n'espérait d'ailleurs pas être mieux accueillie en arrivant à l'improviste dans la maison qui avait été autrefois celle de son grand-père qu'elle ne l'avait été à Roth Castle.

« Que puis-je faire ? Où irai-je ? »

Jamais elle ne s'était sentie aussi découragée et aussi peu apte à affronter seule les difficultés de l'existence. Elle regrettait sincèrement que le poignard du voleur ne l'eût pas tuée.

Puis, consciente qu'il lui fallait absolument agir pour échapper à l'angoisse, elle ouvrit le placard dans lequel Jeannie avait rangé les malles. Elle en sortit la valise dans laquelle on avait mis ses affaires de voyage quand elle avait quitté Tanger.

Elle tira le bagage au centre de la chambre et l'ouvrit.

Elle considéra de nouveau la penderie où s'entassaient ses robes, qui ne représentaient qu'une partie de ses vêtements puisqu'il y en avait presque autant dans la pièce voisine ; agenouillée sur le tapis, à côté de la malle, elle se dit qu'il était absurde de vouloir tout emporter et qu'elle devait se limiter au strict nécessaire.

Mais elle ignorait cependant quels seraient ses besoins ! Elle mit sur le compte de sa faiblesse et du choc émotionnel consécutif aux événements de la nuit précédente les pleurs qui emplirent ses yeux. Elle tenta de retenir ses larmes mais elles commencèrent à rouler lentement sur ses joues et furent bientôt si abondantes qu'elle renonça à les essuyer.

Elle entendit qu'on ouvrait la porte de la pièce voisine et quelqu'un entrer dans la nursery. Sans doute Jeannie qui revenait des écuries où elle avait laissé Felicity.

Persuadée que la femme de chambre ne viendrait pas la déranger, elle ne bougea pas. Elle fixait la malle vide posée devant elle à travers un voile de larmes, quand la porte de la chambre s'ouvrit.

Elle chercha son mouchoir afin de cacher ses pleurs à Jeannie lorsqu'une voix grave s'éleva à côté d'elle.

— Que faites-vous ?

Elle se crut de nouveau plongée dans son cauchemar. Elle releva la tête ; le comte se tenait dans l'encadrement de la porte.

Il la referma derrière lui et s'avança vers la jeune femme agenouillée. Il baissa les yeux sur elle et regarda les larmes rouler le long de ses joues.

— Pourquoi pleurez-vous ? demanda-t-il.

Elle avait l'impression que ce n'était pas la question qu'il aurait voulu poser ; elle se contenta de dire :

— Je... je... m'en vais.

Elle chercha un mouchoir dans sa ceinture. Comme elle n'en trouvait pas, le comte prit le sien dans sa poche de poitrine et le lui tendit. Elle s'essuya les joues et les yeux. Elle ignorait la raison de sa visite mais sa présence ne la rassurait pas : elle craignait qu'il fût toujours aussi furieux que la nuit précédente. Elle se sentait si lasse qu'elle renonçait par avance à réfuter ses accusations ; pourtant elle aurait voulu pouvoir lui dire qu'il s'était trompé sur son compte.

Il attendit qu'elle eût posé le mouchoir pour déclarer :

— Je suis venu vous présenter mes excuses. J'ai appris par Elisabeth Wick ce que vous avez fait pour elle, la nuit dernière. Elle aimerait vous exprimer sa reconnaissance et demande si vous pourriez aller la saluer avant son départ.

— Ou-oui... naturellement, parvint à répondre Atayla, au comble de l'étonnement.

— Rien ne peut justifier ma conduite inqualifiable, ajouta le comte, ma seule excuse étant que vous m'aviez rendu fou de jalousie.

Atayla pensa avoir mal entendu et, comme elle lui adressait un regard interrogateur, il précisa sèchement :

— Vous m'avez fait souffrir de mille façons différentes, depuis votre arrivée. Et la nuit dernière, quand j'ai cru que vous sortiez de la chambre de Hogarth, j'ai perdu tout contrôle !

— Je... je n'ose... y croire, balbutia-t-elle.

Le comte sourit.

— Moi non plus, admit-il en soupirant. Il s'agit d'un sentiment totalement nouveau pour moi. Je suppose que je devrais vous demander de me parler de vous et de m'expliquer pourquoi vous portez des robes de Paris. Mais je préfère vous avouer simplement que vous m'intimidez depuis le jour de votre arrivée.

— Je vous intimide ? répéta la jeune fille d'une voix incertaine.

Atayla n'était pas sûre de comprendre ce qui lui arrivait. Alors que, la nuit précédente, elle avait vécu un cauchemar, l'existence lui semblait soudain avoir les apparences d'un songe. Son cœur se gonflait d'une joie étrange.

— Si vous avez été chargée par ma femme de me compromettre afin qu'elle puisse obtenir le divorce, comme je l'ai supposé jusqu'à la nuit dernière, je sais que c'est désormais sans importance. Quoi que je puisse apprendre sur vous mes sentiments ne changeront pas : je dois vous accepter telle que vous êtes.

— Que... qu'êtes-vous en train de... me dire ? murmura Atayla.

Le comte prit une profonde inspiration.

— Je suis en train de vous dire qu'un événement aussi imprévisible qu'incompréhensible s'est produit : je suis tombé amoureux de vous. Et que, bien que je m'en sois longtemps défendu, j'ai fini par l'admettre.

— C'est... ce ne peut... être vrai !

— C'est vrai ! Et c'est l'unique excuse que je puis invoquer pour justifier ma brutalité et mes insultes. (Il sourit, et Atayla trouva son sourire très séduisant. Il reprit :) J'en reviens au but de ma visite : me pardonnerez-vous ?

Atayla se releva, d'un mouvement mal assuré. Elle ne pouvait détacher son regard de celui du comte. Elle se redressa devant lui et le fixa craintivement.

— Je crains de... ne pas interpréter correctement vos paroles. Peut-être suis-je simplement en train de... rêver... Tout ceci ne me paraît pas... réel.

Le comte s'approcha d'elle.

— C'est pourtant bien réel ; vous vous trouvez près de moi, et rien d'autre n'a d'importance. Si vous espérez que je vous laisserai partir, vous vous trompez !

— C'est vous-même qui m'avez dit de... quitter ce château, répliqua Atayla, avec l'entêtement d'une enfant.

— C'est que votre présence me mettait à la torture ! Vous est-il possible d'imaginer ce que j'ai ressenti, en vous voyant dans ce corridor ? J'ai cru...

— Comment avez-vous pu me croire capable de telles choses ? interrompit-elle vivement.

— Je me suis posé la même question lorsqu'on m'a appris d'où vous veniez, reconnut le comte. Mais je me forçais à vous haïr et à vous mépriser depuis votre arrivée... Mais mes efforts étaient vains !

Atayla le fixa avec de grands yeux étonnés. D'une voix différente, le comte déclara :

— Aidez-moi à comprendre... Dites-moi pourquoi vous êtes venue ici avec Felicity.

— Je... voulais vous l'expliquer... la nuit dernière... mais vous avez refusé de m'écouter.

— Je sais. Et lorsque je vous ai ramenée dans cette

chambre, inconsciente, et que j'ai vu votre blessure à l'épaule, j'ai découvert qu'il était impossible que vous ne soyez pas aussi pure, douce et honnête que vous le paraissiez. Faites-moi confiance. Dites-moi la vérité et, quoi que j'apprenne, je ne cesserai pas de vous aimer.

Il tendit les mains vers Atayla dans un geste de supplication. La jeune fille posa ses doigts sur les siens : ce fut comme si un rayon de soleil réchauffait son corps.

Elle savait qu'en dépit de tous leurs efforts pour se haïr mutuellement, ils avaient été destinés à s'aimer depuis le début. Elle avait été impressionnée par sa prestance, séduite par son charme, même lorsqu'il la considérait avec un regard menaçant. Le plus significatif n'était-il pas que lorsqu'il s'était absenté du château, la demeure lui avait paru vide ? Bien qu'elle refusât alors de l'admettre, il lui avait manqué et elle avait attendu avec impatience son retour.

Pendant le dîner de la veille, même quand elle parlait de son père à sir Christopher, elle restait consciente de sa présence au bout de la table.

Elle lui avait trouvé une allure princière, mais c'était avant tout l'homme sensible et vulnérable qu'elle aimait en lui.

Les doigts du comte se refermèrent sur les siens. Elle lui appartenait, mais elle ne savait pas encore de quelle manière. Elle sentait simplement qu'elle était une partie de lui-même, à travers ce contact qu'il venait d'établir entre eux.

Puis elle releva les yeux et devina que les pensées du comte étaient identiques aux siennes.

Il écarta les mains et, très lentement, comme s'il craignait de l'effaroucher, il la prit dans ses bras et l'attira contre lui.

— Toute parole serait superflue, murmura-t-il. Tout ce que je sais, c'est que je vous aime passionnément et que vous m'appartenez, mon amour, rien d'autre n'a d'importance.

Il parlait d'une voix profonde qui l'envoûtait. Puis, avec douceur, ses lèvres se posèrent sur les siennes.

Ce baiser n'avait rien de commun avec la caresse brutale de la nuit précédente et le cœur d'Atayla chavira, quand elle perçut toute la tendresse contenue dans ce baiser.

Elle savait qu'elle venait de rencontrer l'amour qu'elle avait toujours espéré connaître : un sentiment semblable à celui que son père éprouvait pour sa mère.

Le comte la serra plus étroitement contre lui et ses lèvres se firent plus exigeantes. Des larmes d'émerveillement apparurent de nouveau dans les yeux d'Atayla et roulèrent sur ses joues.

— Mon amour, vous ne devez pas pleurer, dit-il. Tous les démons ont pris la fuite, et ils ne vous terroriseront plus jamais.

Elle tenta de sourire mais son émotion était trop forte ; elle dissimula son visage contre l'épaule du comte.

— Je... je croyais que je devrais... partir et... que je ne vous reverrais jamais ! murmura-t-elle.

Les bras de lord Rothwell se raidirent.

— Je ne l'aurais jamais permis. La nuit dernière, je me suis conduit comme un fou : je vous chassais tout en sachant qu'il me serait impossible de vivre sans vous. Vous savez qu'en dépit de l'amour que j'éprouve pour vous, je ne puis pour l'instant vous demander de m'épouser. Mais j'accorderai à Nadine le divorce.

Atayla releva la tête.

— Vous ne... croyez quand même pas que je suis venue ici animée de... si mauvaises intentions ?

— Pourquoi êtes-vous venue ?

— C'est bien moins... compliqué que vous ne vous l'êtes imaginé. La comtesse de Soisson, car c'est ainsi qu'elle se fait appeler à Tanger, a demandé au père Ignatius, le responsable de la mission où l'on m'avait recueillie, s'il connaissait une Anglaise qui pourrait raccompagner Felicity en Angleterre. J'étais très affaiblie, car les voleurs qui avaient attaqué notre caravane et tué mon père, m'avaient blessée d'un coup de poignard.

— Voilà donc l'origine de cette profonde blessure à l'épaule ! s'exclama le comte. Lorsque je l'ai vue, la nuit dernière, j'ai compris pourquoi vous vous étiez évanouie quand je vous ai touchée.

— Elle est juste en voie de cicatrisation, précisa Atayla. Comme je n'avais plus d'argent et que je ne pouvais rester indéfiniment à la misson, le père Ignatius m'a conduite à la villa où vivait la mère de Felicity, et le lendemain nous partions pour l'Angleterre.

— Mais... pourquoi ma femme a-t-elle brusquement décidé de me rendre mon enfant, après me l'avoir enlevée d'une façon aussi lâche ?

— La comtesse était gravement malade et elle prétendait que la présence de Felicity envenimait ses rapports avec le comte de Soisson. Et surtout... la fillette n'était pas... heureuse, auprès de lui.

Elle sentit le comte se raidir et craignit de le voir maudire son rival, mais il garda le silence et Atayla poursuivit son récit :

— J'ai accepté, car je voulais rentrer en Angleterre où j'espérais être accueillie dans la famille de mon père. Voyager tous frais payés était pour moi une chance que je ne pouvais laisser passer. A notre arrivée, j'avais dépensé presque tout l'argent que m'avait donné la comtesse et voilà tout ce qui me reste.

Elle désigna le lit sur lequel elle avait répandu toute sa fortune et le comte eut un petit rire plein de tendresse.

— Et vous avez réellement cru que vous pourriez partir et vous débrouiller seule avec ce maigre pécule ?

— Je... j'étais terrorisée, avoua-t-elle.

— Vous n'aurez plus jamais peur, mon amour, promit-il. Je vous supplie de me pardonner de vous avoir prêté d'autres intentions, lorsque je vous ai vue arriver ici, si belle et habillée de façon si surprenante pour une gouvernante. J'en devine à présent la raison et j'ai été stupide de ne pas y avoir pensé plus tôt : c'est ma femme, naturellement, qui vous a donné tous ces vêtements ?

Atayla hocha la tête.

— Les voleurs avaient emporté tout ce que mon père et moi possédions. On m'avait donné à la mission une robe en coton gris, si laide que je me regardais avec horreur !

Le comte rit.

— Si laide qu'elle fût, cette robe ne pouvait dissimuler vos cheveux, vos yeux, votre adorable petit nez et vos lèvres faites pour les baisers.

Il s'empara de ses lèvres avec passion ; il demanda ensuite :

— Combien d'hommes avez-vous embrassés, avant moi ?

— Aucun, répondit-elle. Et en fait... je n'avais jamais... rencontré un homme tel... que vous.

— Je ferai tout pour vous empêcher d'avoir envie

d'en rencontrer un autre, fit le comte. Mais de quoi parliez-vous avec Christopher, hier soir, pendant que je m'imaginais qu'il vous faisait la cour ?

Atayla sourit.

— Il connaissait mon père de réputation, et il avait lu tous ses livres ainsi que les articles qu'il écrivait pour le *Royal Geographical Magazine*.

Le comte la considéra avec surprise.

— Voulez-vous dire que votre père est le célèbre Gordon Lindsay ?

— Oui, mais je n'aurais jamais cru que vous aviez entendu parler de lui.

— J'ai entendu parler de lui pour une raison très simple. Je suis le président de la Royal Geographical Society, et je lis tout naturellement sa revue dès sa parution.

— Comment aurais-je pu le supposer ?... Comment aurais-je pu deviner que vous aviez... entendu parler de papa ?

— J'ai toujours trouvé ses articles extrêmement intéressants, dit le comte, mais bien moins intéressants que sa fille !

Puis il l'embrassa à nouveau. Après ce long baiser langoureux, il demanda :

— Puisque c'est la première fois qu'un homme vous embrasse, pourriez-vous me donner vos impressions ?

— C'est merveilleux ! Il n'existe... aucun mot pour décrire la sensation que j'éprouve. Vos baisers sont comparables aux étoiles au-dessus du désert, au soleil naissant sur l'horizon. C'est un bonheur impossible à décrire... sauf peut-être en musique...

Il y avait tant de ravissement et de passion contenus dans sa voix que le comte prit une profonde inspiration. Il l'embrassa encore, jusqu'au moment où le décor sembla vaciller autour d'eux. Un feu inextinguible semblait brûler en eux.

— Je vous aime... je vous aime ! dit Atayla, tout d'abord dans son cœur, puis à haute voix.

— Et je vous aime, ma chérie, fit-il. Mais il reste encore bien des questions à régler, avant que je puisse faire de vous ma femme.

— Je ne suis pas tout à fait... certaine que vous deviez... m'épouser.

— Mais moi je le suis. J'ai la ferme intention de me remarier avec vous ! rétorqua catégoriquement le comte. Rien ni personne ne pourra m'en empêcher. Mais, comme vous devez le savoir, mon amour, c'est très long de divorcer. Le scandale éclaboussera notre famille mais nous n'y pouvons rien.

Atayla l'aimait trop pour ne pas être sensible à l'accent de regret qui perçait dans sa voix. Mais il la serra entre ses bras et l'embrassa à nouveau, pour lui cacher sa souffrance. Le baiser les transporta dans un univers d'où les problèmes étaient exclus, où seul comptait leur amour.

7

Atayla vécut le reste de cette journée comme si elle flottait sur un nuage. Tout en s'occupant de Felicity, elle comptait les heures, les minutes et les secondes qui la séparaient de l'instant où elle serait à nouveau auprès du comte.

Malgré le désir qu'ils avaient l'un et l'autre de rester étroitement enlacés en se répétant les mots d'amour trop longtemps retenus, lord Rothwell lui avait dit d'une voix hésitante :

— Je suis contraint de vous laisser, ma chérie. Les Wick doivent partir après le déjeuner, en même temps que Hogarth. Je sais que je n'ai pas à être jaloux de lui, mais je préfère néanmoins que vous ne le revoyiez pas.

— Quand pourrons-nous... être à nouveau ensemble ?

— Il nous faudra attendre l'heure du thé. Ensuite, je suis certain qu'il vous sera possible de vous faire remplacer auprès de Felicity et de descendre au salon, où nous pourrons songer à notre avenir.

Le visage d'Atayla rayonnait de bonheur et son sourire apaisa les scrupules du comte.

— J'ai beaucoup de choses à vous expliquer, avait-il ajouté d'une voix profonde. Mais tout sera facile puisque je sais que vous m'aimez et que rien ne nous séparera jamais.

Il l'avait embrassée rapidement, comme s'il craignait qu'une nouvelle étreinte ne le retînt définitivement, puis il était sorti précipitamment de sa chambre en refermant la porte derrière lui.

D'abord, Atayla s'était sentie incapable de faire un geste. Puis elle s'était dirigée vers la fenêtre, comme pour trouver dans le ciel la confirmation que les ténèbres s'étaient levées et qu'elle n'avait plus aucune raison d'avoir peur. Elle remercia Dieu du bonheur qu'il lui accordait.

Elle déjeuna avec Felicity au retour de sa promenade à cheval et pour occuper son après-midi, elle lui lut un des livres qu'elle avait trouvés dans la bibliothèque.

C'était un ouvrage sur l'Afrique, mais Atayla comprit rapidement qu'elle pourrait en apprendre plus à

Felicity en puisant dans ses propres souvenirs. Elle lui raconta des histoires sur le désert et lui parla des tribus arabes et des villes étranges qui, comme Fez ou Marrakech, étaient restées pratiquement inchangées au cours des siècles.

Elle s'aperçut qu'elle en parlait avec un certain détachement comme si l'amour du comte avait déjà fait reculer dans le passé son existence aventureuse. Elle se sentait désormais à sa place dans ce château.

A 3 heures de l'après-midi, elle emmena Felicity faire une nouvelle promenade à cheval mais, pour ne pas fatiguer l'enfant, elle refusa de faire la course ; et elles se contentèrent de faire le tour du parc et du verger. A la lumière de son amour la propriété lui paraissait encore plus belle ; elle était devenue une partie de son cœur et de son esprit.

Comme si elle percevait ce changement, Felicity lui demanda :

— Vous aimez ce château, n'est-ce pas, mademoiselle.

— C'est l'endroit le plus beau que je connaisse, répondit Atayla. Et vous et moi, nous allons tenter de le rendre, en plus, chaleureux.

Felicity inclina la tête ; elle parut réfléchir et demanda :

— Vous voulez dire : avec de l'amour ?

— Oui, avec de l'amour. Ensuite, ce sera un paradis !

Lorsque Felicity eut pris son thé, Atayla sentit son cœur s'emballer à la pensée qu'elle n'avait plus que quelques minutes à attendre avant d'aller retrouver le comte.

Elle joua à la poupée avec la petite fille. Elles modifièrent la disposition des meubles à l'intérieur de la maison de poupée et Atayla conta une histoire se rapportant à chacun des petits personnages qui l'habitaient.

A 5 heures, Jeannie vint dans la nursery à la demande d'Atayla :

— Me voici, mademoiselle. Et, comme j'ai pensé que Mademoiselle jouerait avec sa maison de poupée, j'ai demandé au cuisinier de préparer de tout petits plats que nous placerons à l'intérieur, afin que les poupées puissent elles aussi manger.

Felicity fut enthousiasmée par cette idée et Atayla put s'esquiver. Elle s'arrêta quelques instants dans sa chambre pour vérifier dans le miroir que sa robe la mettait bien en valeur. Mais en étudiant l'image qu'il lui renvoyait, elle comprit que le comte ne serait sensible qu'à l'éclat de ses yeux et à la douceur de ses lèvres.

Elle rougit en songeant aux baisers du comte et au désir qu'ils faisaient naître en elle.

Sa hâte de se retrouver auprès de lui était telle qu'elle descendit les marches quatre à quatre et courut dans les couloirs.

Le valet de pied s'avança vers elle mais Atayla passa devant lui sans ralentir et elle ouvrit elle-même la porte du salon privé du comte.

Elle ne fut pas surprise de voir qu'il l'attendait ; il tournait le dos à la cheminée, et quand elle entra, l'émotion les paralysa.

Atayla avait la sensation que tout son être se tendait vers le sien ; il ouvrit ses bras et elle s'y précipita.

Il l'étreignit avec passion, mais ne l'embrassa pas et attendit un instant pour lui dire :

— Avant que je vous répète combien je vous aime, mon adorée, j'estime indispensable que nous ayons un entretien sérieux. Je dois vous fournir un certain nombre d'explications.

Mais Atayla entendit à peine ses propos couverts par les battements de son cœur. Cependant son esprit réagit plus vite que son corps et lui intima l'ordre d'écouter la voix de la sagesse.

Le comte posa un instant ses lèvres sur son front, puis l'attira vers le canapé. Ils s'assirent côte à côte et il lui prit la main.

— C'est dans cette pièce que je vous ai vue pour la première fois, dit-il. Vous étiez si belle que mon instinct m'avertit d'un danger imminent. C'est par crainte de ce que vous représentiez déjà pour moi que je me suis montré aussi dur.

— Je puis à présent le comprendre. Mais vous étiez très... intimidant.

— Je fais serment de ne plus jamais vous inspirer de crainte ! Vous savez maintenant que j'avais aussi peur que vous ! Après ce qui m'était arrivé, je m'étais juré de ne plus jamais me laisser séduire par une femme... de ne plus jamais être stupide au point de tomber amoureux.

En l'entendant évoquer son amour pour la comtesse, Atayla ressentit une pointe de jalousie ; elle baissa les yeux, pour cacher au comte ce qu'elle éprouvait.

Il lui sourit tendrement et précisa :

— Oui, j'ai aimé Nadine : mais mes sentiments d'alors n'avaient rien de comparable avec ce que j'éprouve aujourd'hui, ma chérie. Je croyais l'aimer, parce qu'elle était belle. Ses parents m'avaient confié qu'elle souhaitait m'épouser, et lorsque je lui ai posé la question elle a confirmé leurs dires.

Le comte fit une pause, mais comme Atayla restait silencieuse, il poursuivit :

— J'ai de la peine à admettre que j'aie pu me montrer aussi naïf et imbu de moi-même, au point de croire que Nadine m'aimait pour moi-même.

Il y avait tant d'amertume dans sa voix que les doigts d'Atayla se crispèrent dans sa main.

— Pourquoi ne vous aimait-elle pas ?

Elle avait peine à croire que cet aristocrate beau et riche n'avait pas été aimé par cette jeune fille qui ne pouvait avoir alors une grande expérience des hommes.

Il parut une fois de plus lire ses pensées.

— Lorsqu'elle est devenue ma femme, Nadine était déjà follement amoureuse du comte de Soisson !

— Oh... non ! s'exclama Atayla. En ce cas, pourquoi vous a-t-elle épousé ?

— Les Français se marient jeunes et son amant avait déjà fondé un foyer. Il avait fait un mariage de convenance avec une jeune fille d'aussi noble extraction que lui.

— Et vous l'ignoriez ?

— Je ne savais même pas que Nadine le connaissait. Je ne l'ai appris qu'après notre mariage, lorsque nous avons rencontré cet homme par hasard, dans une soirée londonienne.

Il y eut quelques instants de silence, comme si le comte revivait cette scène douloureuse.

— Seul un mari complaisant, ou un imbécile, n'aurait pas compris : ma femme parut revivre à l'instant même où son regard croisa celui de cet homme.

— Vous avez dû beaucoup souffrir.

— J'ai souffert car, même si j'avais déjà découvert que Nadine ne m'aimait pas, son comportement à mon égard restait aimable et gracieux ; elle ne me refusait rien. De plus, elle attendait notre enfant.

Il se tut. Atayla demanda enfin :

— Que s'est-il passé ?

— Rien, sur l'instant. J'ai exigé de connaître la vérité, et ma femme a reconnu qu'elle était amoureuse du comte de Soisson. Après d'innombrables échappatoires, elle m'a avoué qu'elle l'aimait depuis l'âge de dix-sept ans et qu'il l'avait séduite pendant qu'elle se trouvait à Paris avec ses parents. Le comte de Soisson avait mis un terme à leur liaison qu'il jugeait dangereuse dans sa situation en disant à Nadine qu'il ne la reverrait jamais. Mais, peu après la naissance de Felicity, j'ai découvert qu'ils échangeaient de la correspondance et se retrouvaient en secret chaque fois qu'il venait à Londres.

— Et... qu'avez-vous fait ?

— J'ai menacé de tuer mon rival, qui a été suffisamment sage pour se tenir loin de moi. Mais Nadine ne dissimulait plus ses sentiments et nous étions devenus des étrangers l'un pour l'autre. Nous restions ensemble le moins possible, sauf en public ou lorsque nous recevions des invités au château.

Ses souffrances passées parurent intolérables à Atayla qui murmura avec douceur :

— Cela a dû être extrêmement... pénible.

— Je m'efforçais de faire preuve d'indifférence, et, en fait, je n'aimais plus Nadine. Mais elle était ma femme et j'étais fermement décidé à tout faire pour éviter qu'un scandale vînt salir un nom qui avait été respecté pendant des siècles.

— Il est facile de comprendre que cette existence a dû vous rendre profondément malheureux.

— Je suppose qu'elle m'a rendu amer et cynique ; j'ai fini par me convaincre que toutes les femmes étaient des créatures perverses et indignes de confiance.

Atayla frissonna, et le comte se hâta de préciser :

— Cependant, ces drames appartiennent désormais au passé, ma chérie. Je sais que vous êtes différente, très différente, et que vous possédez tout ce que j'aurais souhaité trouver chez Nadine.

Atayla releva le visage vers le sien dans l'espoir qu'il la prenne entre ses bras pour l'embrasser. Mais, au prix d'un effort quasi surhumain, le comte détourna les yeux et reprit :

— Vous devez d'abord savoir tout ce qui s'est passé, afin de mieux comprendre.

— Je... comprends parfaitement ! fit-elle. Mais... je... je vous écoute.

— Voici trois ans, j'ai appris que le comte de Soisson se trouvait en Angleterre et que Nadine le retrouvait en secret. J'étais absolument certain qu'ils étaient amants, même s'ils m'abusaient avec tant d'adresse que je ne pouvais en avoir aucune preuve. Nadine et moi avions de violentes discussions ; puis, un jour, de façon totalement imprévisible, alors que j'étais à la chasse, elle a quitté le château dans la matinée et ce n'est qu'à mon retour, juste avant le dîner, que j'ai appris qu'elle était partie en emmenant Felicity avec elle.

— C'était... horrible !

— Je suis persuadé qu'elle n'avait fait qu'obéir au comte de Soisson : cet homme me haïssait et voulait mon malheur. Ce n'était pas très surprenant, car j'avais tenu sur lui des propos déplaisants que Nadine avait dû s'empresser de lui répéter.

— Qu'avez-vous fait ?

— Lorsque j'ai compris qu'elle avait quitté l'Angleterre pour vivre à Paris avec mon rival, je n'ai rien fait.

— Rien ?

— Je me suis comporté comme si elle était partie en vacances avec notre fille, et qu'elles reviendraient bientôt. Puis, comme les mois s'écoulaient et que les gens commençaient à parler, j'ai refusé d'aborder ce sujet et laissé les médisants à leurs hypothèses.

— Et vous n'avez jamais eu de nouvelles de... votre femme ?

— Jamais ; jusqu'à il y a une dizaine de mois : des avocats français m'ont écrit pour m'informer que la femme du comte de Soisson était morte et me transmettre une demande en divorce de mon épouse qui voulait convoler en justes noces avec Soisson.

— La femme du comte de Soisson est donc morte ! s'exclama Atayla, surprise. Le père Ignatius l'ignorait.

— Oui, il était libre de se remarier. Mais Nadine était toujours liée à moi.

— Et vous ne vouliez pas divorcer ?

— Pourquoi l'aurais-je fait ? répliqua le comte. Un divorce, quel que soit l'époux coupable, est toujours une cause de scandale.

— Vous avez donc refusé.

— Catégoriquement ; car, de mon côté, je n'avais pas la moindre intention de me remarier... avant de vous rencontrer, mon amour.

— Comment aurais-je pu le supposer... comment aurais-je pu penser un seul instant que vous pouviez m'aimer, alors que je ne voyais que de la haine dans vos yeux ?

— Je vous haïssais parce que j'étais troublé, que vous me bouleversiez ; chaque fois que je posais les yeux sur vous, mon cœur s'emballait. J'étais fermement convaincu que vous étiez le démon tentateur, envoyé pour me séduire et me contraindre à accorder le divorce à Nadine.

— Je ne pense pas... comprendre, avoua Atayla.

— C'est pourtant simple. Si elle avait pu obtenir

des preuves de mon infidélité, elle aurait remporté le divorce contre moi ; quant à ma cruauté, elle eût demandé aux domestiques, qui avaient assisté aux nombreuses scènes que nous avions eues avant son départ, d'en témoigner.

Il fit une brève pause puis ajouta :

— Mais, en fait, elle doit souhaiter que ce soit moi qui demande le divorce, pour adultère avec le comte de Soisson. Le jugement serait alors rendu plus rapidement, et avec moins de publicité.

— Je... comprends. Mais comptez-vous... à présent... divorcer ainsi qu'elle le... désire ?

— J'ai déjà préparé une lettre pour mes avocats londoniens. Je leur demande d'intenter immédiatement une action en justice et d'en informer ma femme. Tout devrait aller très vite. Ensuite, mon amour, je pourrai vous demander de me faire l'honneur de devenir ma femme.

— Vous savez que ce serait la chose la plus... merveilleuse... qui puisse m'arriver, dit-elle.

— Je jure de vous rendre heureuse ! Je ne pense pas que l'un de nous ait des craintes à ce sujet. Cependant, ma chérie, il va falloir que vous partiez d'ici immédiatement.

Atayla se raidit et le fixa, sidérée.

— Partir ? répéta-t-elle. Mais... pourquoi ?

— Mon tendre amour, si je veux que le divorce soit prononcé aux torts de Nadine, je ne dois pas commettre l'erreur de vous garder ici, même avec grand-mère comme chaperon.

— Mais... pourquoi ? Pourquoi ?

— Parce qu'en Angleterre nous avons un fonctionnaire qui porte le titre de « procureur de la reine » chargé de s'assurer que celui qui présente une demande de divorce a mené une vie exemplaire pendant les six mois qui suivent le jour de la séparation.

— Six mois ! s'exclama Atayla, consternée.

— Ce sera dur, je le sais ; mais ensuite, nous pourrons rester ensemble jusqu'à la fin de nos jours.

— Je ne veux pas... vous perdre, dit-elle. Je ne pourrai pas... vous quitter !

— Oh, ma chérie, si seulement vous saviez comme ces paroles me réjouissent. Mais c'est indispensable, non seulement parce que je dois recouvrer ma liberté, mais encore pour vous protéger du scandale et... de moi-même.

Il sourit en ajoutant :

— Croyez-vous vraiment que je pourrais rester auprès de vous dans ce château en dissimulant à tous mon amour et mon désir ?

Atayla savait qu'il avait raison, mais elle avait peur de le quitter.

— Si nous attendons si... longtemps, ne risquez-vous pas de découvrir... quand vous serez libre... que vous ne... m'aimez plus ?

— Il n'y a aucun risque ! s'écria le comte. Je vous aime, je vous adore, je vous vénère. Je sais encore que nous sommes destinés l'un à l'autre et que rien ni personne ne pourra nous séparer.

Comme s'il craignait brusquement de se montrer trop confiant, il releva du doigt le menton d'Atayla, pour plonger son regard dans le sien.

— Jurez-moi que vous m'aimez comme je vous aime, et qu'aucun autre homme ne compte à vos yeux.

— Pour moi... vous êtes le seul homme au monde. Et c'est parce que je vous aime de tout mon cœur et de toute mon âme que j'ai tellement peur de vous perdre.

Le comte l'attira vers lui et ses lèvres se posèrent

sur les siennes. Atayla sentit tout son être s'embraser à ce contact et elle fut certaine que rien ne pourrait les séparer. Ils connurent ensemble l'extase et la jeune fille murmura en reprenant son souffle :

— Je vous aime... Je vous aime... et quand vous m'embrassez il n'y a... plus que l'amour... et que vous, dans le monde entier !

Le comte l'embrassa à nouveau, et elle eut l'impression qu'ils n'étaient plus des êtres humains ordinaires : ils étaient emportés parmi les étoiles, la lune et le soleil, et jamais ils ne redescendraient sur terre...

— Je vous aime, déclara plus tard le comte, d'une voix grave et émue. Mais, ma chérie, je dois vous faire part des projets que j'ai pour vous.

— Quels... sont-ils ? demanda-t-elle, brusquement inquiète.

— Une de mes tantes vit à quelques kilomètres d'ici. Elle est veuve et c'est une femme dévouée qui se consacre aux œuvres charitables. Je sais qu'elle souffre de sa solitude : elle n'a pas d'enfant, et elle accueillerait avec plaisir Felicity, que vous accompagneriez pour vivre chez elle.

— Me sera-t-il... possible de... vous voir ? demanda encore Atayla.

— J'irai à travers champs et forêts et nous nous retrouverons plusieurs fois par semaine. Naturellement, vous viendrez fréquemment au château afin de permettre à Felicity de saluer son arrière-grand-mère.

— Puis-je être certaine que... vous viendrez... nous voir ? demanda Atayla d'une petite voix.

— Comment pouvez-vous en douter ? répondit le comte. Je souffrirai assez de ne pas être auprès de vous à chaque instant mais nous n'avons pas le choix.

Ensuite, quand nous serons enfin réunis, nous oublierons cette épreuve et les obstacles qu'ils nous a fallu franchir avant de nous marier.

— Etes-vous... certain que ce soit vraiment... la méthode la plus simple ?

— C'est la seule, reprit le comte. En fait, si c'était ma femme qui demandait le divorce, elle serait probablement déboutée par la cour parce qu'elle m'a quitté et qu'elle vit dans ce qu'on appelle le « péché » ; nous devrions alors rester liés jusqu'à la fin de nos jours.

Atayla laissa échapper un cri d'horreur, et le comte ajouta :

— N'ayez crainte... cela ne se produira pas ! Cependant, comme je tiens à mettre toutes les chances de notre côté, nous devons nous montrer très prudents.

— Je suivrai vos instructions à la lettre.

Le comte la regarda avec une infinie tendresse.

— Vous êtes si douce, mon amour. Un jour, quand vous serez ma femme, je pourrai enfin vous dire tout ce que vous représentez pour moi, et vous donner tout ce que je veux vous offrir.

— Tout ce que je désire, c'est... vos baisers.

Elle vit le visage du comte s'illuminer, et il l'embrassa à lui faire perdre le souffle.

Ce ne fut que lorsqu'elle put parler à nouveau, qu'elle demanda :

— Quand... devrai-je partir... avec Felicity ?

— Je prendrai dès demain les dispositions nécessaires, et ma tante devrait pouvoir vous recevoir dans deux ou trois jours, dit-il ; cela nous laisse un jour et deux nuits à passer sous le même toit, mon amour. Dînerez-vous en ma compagnie, ce soir ?

— N'est-ce pas prendre un risque ?

— Nul ne connaît encore nos projets et, si certains membres du personnel sont surpris de voir une gouvernante dîner dans la salle à manger, je pense que le jour où on les interrogera plus tard ils se montreront loyaux envers nous. De plus, ma grand-mère vous sert de chaperon.

— Comptez-vous lui parler de nos projets ?

— Je n'aurai pas à le faire. Je ne voudrais pas parier qu'elle ignore ce qui se passe.

Devant la consternation d'Atayla il se mit à rire.

— Ne vous inquiétez pas ! Grand-mère souhaite tant que je me remarie et que j'aie un héritier qu'elle accueillerait avec joie n'importe quelle femme ! Mais elle sera enchantée de mon choix.

— Qu'est-ce qui vous permet de le penser ?

— Je sais qu'elle vous admire ; et, bien qu'elle vous soupçonne de ne pas être la gouvernante que vous prétendez être, elle ne vous tiendra pas rigueur de votre... beauté dès qu'elle saura qui était votre père.

— Voulez-vous dire que votre grand-mère a également entendu parler de lui ?

— Pourquoi trouvez-vous cela surprenant ? Une seule chose m'étonne : c'est qu'elle n'ait pas déjà découvert la vérité ! Grand-mère a fait plusieurs voyages en Afrique avec mon grand-père, qui avait une curiosité toute particulière pour les coutumes musulmanes et le monde arabe.

Atayla laissa échapper un petit cri.

— C'est tellement extraordinaire ! Papa s'imaginait que seuls quelques vieux universitaires et quelques étudiants pouvaient lire ses livres. Voilà que je découvre que non seulement vous et sir Christopher, mais même votre grand-mère étiez des lecteurs fidèles de ses ouvrages !

— Pour vous, lequel a le plus d'importance ?

— Vous, naturellement ! répondit Atayla qui laissa reposer sa joue contre son épaule. Je suis tellement heureuse et fière que vous reconnaissiez la valeur de mon père, et que vous soyez conscient de l'importance de ses recherches sur les tribus africaines !

— Je ferai en sorte que les livres de votre père soient largement diffusés et, lors de mon prochain voyage à Londres, je tenterai de convaincre ses éditeurs de prendre des mesures pour augmenter le tirage et le nombre des ventes de ses ouvrages.

— C'est le présent le plus merveilleux que vous pourriez me faire ! s'écria Atayla. Merci... merci d'être à ce point compréhensif.

Le comte se contenta de l'embrasser à nouveau.

Elle se rendit compte, soudain, qu'en sa compagnie le temps s'était écoulé très vite et qu'elle devait remonter dans la nursery pour souhaiter une bonne nuit à Felicity ; elle se leva.

— Pourrai-je vraiment dîner en votre compagnie, ce soir ?

— Je n'ai pas le moindre désir de rester seul dans la salle à manger, fit-il. De plus, ma chérie, nous aurons bien des choses à nous dire après le repas, et pas seulement avec des paroles.

Le comte la dévorait du regard. Elle aurait voulu rester mais savait qu'elle devait partir ; elle lui sourit et quitta rapidement la pièce, avant qu'il pût la retenir.

En montant l'escalier, elle adressa à Dieu une prière muette pour le remercier du bonheur qu'elle avait trouvé de façon si inattendue, au moment où elle touchait le fond du désespoir.

Felicity avait déjà dîné et elle était prête à se coucher, lorsque Atayla entra dans la nursery.

— Vous êtes revenue ! s'écria l'enfant. J'ai tant de choses à vous raconter ! Jeannie et moi, nous avons mis les plats dans la maison des poupées, et elles ont fait un tel festin que je pense qu'elles auront toutes mal au ventre !

— J'espère qu'il s'agit là d'une indisposition dont vous ne serez pas victime, dit Atayla.

— Non, bien sûr que non ! Je ne dois pas être malade, car vous m'avez promis de courir contre moi, demain. Avez-vous demandé à papa s'il participerait également à la course ?

— Je suis certaine qu'il viendra, répondit Atayla.

Felicity lâcha un petit cri de joie.

— J'aime papa, lorsqu'il court avec moi, fit-elle. Et quand ces invités stupides seront partis, il acceptera peut-être de faire chaque jour la course !

Atayla sentit son cœur se serrer à l'idée qu'elles devraient aller vivre dans une demeure étrangère, loin du comte.

Cependant, elle ne voulait pas gâcher la soirée avec ces sombres pensées. Elle écouta l'enfant réciter ses prières et lui souhaita de passer une bonne nuit.

Felicity la prit par le cou et l'embrassa avec force.

— Je vous aime, mademoiselle, dit-elle. Et j'aime tout le monde, comme vous me l'avez conseillé.

Elle réfléchit un instant, avant de préciser :

— J'aime papa, grand-mère parce qu'elle me laisse jouer avec ses bijoux, Jeannie et Jackson, et bien sûr Libellule... mais pas autant que vous.

Atayla sourit.

— Merci, ma chérie, c'est un très grand compliment.

Lorsque Felicity l'eut embrassée à nouveau, Atayla la borda et lui dit :

— Bonne nuit, ma chérie. Que Dieu vous protège, et que ses anges veillent sur vous !

C'était une phrase que sa mère prononçait chaque soir, lorsqu'elle était enfant ; en sortant de la chambre elle pensa que Dieu avait effectivement veillé sur Felicity et envoyé ses anges pour la protéger et l'assister. Désormais, elle ne douterait plus jamais de son aide.

Jeannie lui avait préparé un bain et elles discutèrent longuement pour savoir quelle robe lui irait le mieux, pour dîner dans la salle à manger.

Estimant que le comte approuverait son initiative, Atayla parla pour la première fois de son père à Jeannie et lui expliqua qu'il avait écrit des articles pour la Royal Geographical Society, dont le comte était le président.

— Vous comprendrez que je suis ravie d'avoir rencontré dans ce château une personne qui comprenne le travail qu'accomplissait mon père en Afrique.

— Enfin, peu importent les raisons, mais je suis heureuse que vous dîniez dans la salle à manger, mademoiselle, car c'est là qu'est votre place. Dans les communs, nous disions toutes que vous étiez plus belle que toutes les autres femmes présentes à la soirée.

— Merci, fit Atayla, avec un sourire.

Leur choix se porta sur une robe blanc et argent très juvénile. Elle donnait à Atayla l'apparence d'une pure jeune fille que nul homme n'avait encore touchée. Le comte en serait sûrement ému.

Lorsqu'elle fut prête, elle s'arrêta un instant devant le miroir afin d'étudier son image. Ses yeux brillaient d'impatience et elle pensa que le comte faisait sans doute preuve de sagesse en l'éloignant du château. Ils n'auraient pu cacher longtemps qu'ils s'aimaient.

— Je l'aime ! Je l'aime ! murmura-t-elle à son reflet, avant de se diriger vers la porte d'un pas rapide. Jeannie, qui rangeait ses affaires, lui dit alors :

— Oh, mademoiselle, j'allais oublier. Une lettre est arrivée pour vous, cet après-midi. Je l'ai posée sur le manteau de la cheminée pour que vous puissiez la trouver en regagnant la nursery.

— Une lettre ? répéta Atayla.

— Oui, mademoiselle, avec un timbre étranger. Mais comme vous vous êtes directement rendue dans la chambre de lady Felicity, je ne pense pas que vous l'ayez vue.

Sans répondre, Atayla alla dans la nursery et trouva la lettre posée contre la pendule sur la cheminée.

Un simple regard lui permit de constater qu'elle venait de Tanger, ce qui ne la surprit pas. Elle se demanda si elle avait été écrite par la comtesse et pendant un instant, elle hésita à l'ouvrir : elle apportait peut-être une nouvelle qui gâcherait sa soirée avec le comte.

Puis elle se rendit compte qu'elle ne pourrait en profiter si elle gardait l'arrière-pensée que sa femme la prévenait d'un événement important.

Elle ouvrit l'enveloppe avec lenteur tant ses doigts tremblaient.

Elle ne contenait qu'une mince feuille de papier à lettres et, en la sortant, elle découvrit que la signature était celle du père Ignatius.

La jeune fille fut touchée de son geste et se mit à lire sa belle écriture régulière.

Ma chère Atayla,

Je prie pour que Dieu vous ait conduite à bon port et que vous soyez à présent installée à Roth Castle ; j'espère que le comte a été heureux de revoir sa fille et de l'avoir à nouveau auprès de lui.

Je vous écris pour vous faire part d'une bien triste nouvelle. La comtesse est morte hier, et ses funérailles doivent avoir lieu demain.

Comme le craignaient ses médecins, elle avait un poumon gravement infecté et elle n'avait aucune chance de guérir de cette tuberculose pour laquelle il n'existe aucun traitement connu et qui, hélas ! enlève la vie à tant de personnes.

J'espère que vous annoncerez avec le plus de ménagements possible la port de la comtesse à sa fille, qui l'aimait et était aimée d'elle. Mais l'enfant se trouve à présent auprès de son père et je pense que Dieu, dans son infinie sagesse, a voulu qu'elle puisse regagner l'Angleterre avant cette tragédie.

Ecrivez-moi quand vous en aurez le temps. Vous savez que je prie pour vous chaque jour ; que Dieu veille sur vous, et qu'il ne refuse jamais de vous accorder son amour.

Veuillez croire, ma chère enfant, en ma sincère amitié.

Père Ignatius

En la lisant Atayla craignit que cette lettre ne fût le fruit de son imagination. Comme pour s'assurer qu'elle était bien réelle, elle la relut. Puis, elle la replia et la glissa dans l'enveloppe ; elle se dit alors que le père Ignatius ne se trompait pas : Dieu avait veillé sur elle et un avenir radieux s'ouvrait devant elle.

8

Le comte la regarda avec douceur et lui dit :

— Ma chérie, je pense que nous devrions partir.

— Oui, bien sûr, répondit Atayla.

Elle avait peine à croire qu'elle était l'épouse du comte et qu'ils allaient prendre le train privé qui les attendait à la halte.

La cérémonie s'était déroulée dans la chapelle du château en présence de Felicity, folle d'excitation, qui avait tenu le bouquet d'Atayla pendant que le comte passait l'alliance au doigt de son épouse.

Ils avaient voulu une cérémonie simple et discrète, mais elle se déroula dans une atmosphère de recueillement en harmonie avec la profondeur de leurs sentiments.

« En arrivant dans ce château, craintive et sans argent, comment aurais-je pu deviner que j'y trouverais le bonheur ? se demandait encore Atayla. Comment aurais-je pu deviner que je deviendrais l'épouse du comte Rothwell qui menaçait de me jeter dehors en pleine nuit ? »

Après avoir lu la lettre du père Ignatius, le comte avait pris la situation en main et insisté pour que le mariage fût célébré immédiatement. Ils ne rendraient publique la mort de Nadine qu'après leur voyage de noces.

— Les gens ne vont-ils pas trouver... étrange, que vous m'épousiez si vite ? avait demandé Atayla.

— Mes amis se poseront sans doute des questions, mais comme personne n'a entendu parler de Nadine depuis trois ans, on supposera qu'elle est morte avant le retour de Felicity au château. Je suis veuf et libre d'agir comme bon me semble !

Il avait souri avant d'ajouter :

— Et ce que je désire, mon amour, c'est que vous soyez ma femme et que nous vivions ensemble dès ce soir et pour toujours !

Son baiser avait arrêté toutes les questions en suspens sur les lèvres d'Atayla dont l'unique désir était de se blottir entre ses bras sans avoir à s'inquiéter de l'avenir.

Comme le comte l'avait annoncé, la douairière fut ravie.

— Vous êtes décidément pleine de ressources, mon enfant, dit-elle à Atayla. Mais j'ai su dès le début que vous n'étiez pas une gouvernante ordinaire !

— Je regrette seulement que vous n'ayez pu rencontrer mon père avant sa mort. Je suis certaine que vous l'auriez apprécié à sa juste valeur.

— Mon dernier souhait est de vivre encore assez longtemps pour voir le fils de Valor courir dans ce château et disputer mes bijoux à Felicity.

— Il ne faudra pas trop les gâter, répliqua le comte. Mais j'espère que votre arrière-petit-fils aura autant de chance que moi et qu'il pourra profiter de votre compagnie.

Ces propos enchantèrent la douairière.

— Je croyais être devenue trop vieille pour qu'on me fasse des compliments ! Mais j'espère qu'on m'en fera d'autres encore avant que je ne disparaisse dans la tombe.

Ils rirent en chœur et elle embrassa Atayla et le comte avant de déclarer :

— Allez, et amusez-vous. Je veillerai sur le château en attendant votre retour.

— Et moi, je veillerai sur vous, grand-mère, dit

Felicity. Je promets d'être très sage, afin que ma nouvelle maman ne s'inquiète pas, car je l'aime beaucoup.

Emue par les paroles de l'enfant, Atayla sentit les larmes lui monter aux yeux. Le comte passa son bras autour des épaules de la jeune femme.

— Nous n'avons pas l'intention de nous inquiéter, fit-il. Et Felicity veillera sur les chevaux à notre place, n'est-ce pas, ma chérie ?

Il souleva l'enfant et la serra dans ses bras.

— Je veillerai sur eux et je dirai à Jackson de leur faire prendre de l'exercice chaque jour, afin que vous ne soyez pas déçu à votre retour.

— Je vous fais confiance, assura le comte en souriant.

Il embrassa la fillette et Atayla nota que c'était la première fois qu'elle le voyait faire ce geste qui la rassura sur les rapports que ses propres enfants auraient avec leur père.

« J'avais raison, se dit-elle. Il ne manquait à ce château qu'un peu d'amour, pour que tout soit parfait ! »

Le personnel attendait au bas des marches pour saluer Atayla et le comte qui descendaient vers la voiture après avoir serré la main de M. Osborne et de Dawson.

Felicity lança les premiers pétales de rose et tous l'imitèrent. Atayla reçut ensuite une pluie de grains de riz, symbole de fertilité.

Des acclamations s'élevèrent lorsque la voiture s'éloigna dans l'allée, et Atayla glissa sa main dans celle du comte.

— Etes-vous satisfaite de votre mariage ? demanda-t-il. La chapelle me semblait remplie d'amour.

— C'est... également mon impression.

Il porta la main d'Atayla à ses lèvres.

— Je le savais ! En fait, je pense tout connaître de vous et j'ai l'impression de partager chacune de vos pensées.

— Oh, chéri, je vous aime tant que même dans mes rêves il n'y a que vous ! s'exclama Atayla.

Plus tard, cette nuit-là, après que le train privé du comte se fut rangé sur une voie de garage pour leur permettre de dormir paisiblement, alors qu'ils étaient allongés l'un contre l'autre dans un grand lit qui occupait presque tout le compartiment, Atayla déclara :

— Je vous aime tant... et ce que vous m'avez fait ressentir est tellement merveilleux... tellement parfait... que ni le français ni l'arabe, les deux seules langues que je connaisse en dehors de l'anglais, ne possèdent... les mots nécessaires pour exprimer mon bonheur.

— Avons-nous besoin de mots ? demanda le comte de sa voix grave. Mais, ma chérie, dites-moi si je vous ai rendue heureuse.

— Tellement heureuse que je ne suis toujours pas... revenue sur terre, répondit-elle dans un élan de passion.

— Si c'était vrai, je serais au désespoir ! Mais je vous tiens fermement entre mes bras, et soyez bien certaine que je ne vous lâcherai pas ! On a raison de dire que les voies de Dieu sont impénétrables : comment aurais-je pu supposer que vous feriez irruption dans ma vie de façon si romanesque ?

— Vous êtes l'homme le plus merveilleux qui puisse exister.

— Ce n'est pas ce que vous avez pensé la première fois que vous m'avez vu.

— Vous me faisiez si peur ! Mais j'étais frappée en même temps par votre distinction et votre... charme viril. Au cours du dîner donné en l'honneur du prince de Galles je vous trouvais l'allure plus majestueuse que Son Altesse.

— Vous me flattez ! s'exclama le comte. Pour ma part, je savais déjà que vous aviez bouleversé ma vie et, même si je refusais encore de l'admettre, vous étiez ma souveraine.

— Maintenant, c'est vous qui me flattez ! murmura-t-elle. Je n'ai jamais aspiré à régner sur qui que ce soit ! Etre votre femme est ma plus grande ambition.

Le comte chercha ses lèvres, ils échangèrent un long baiser passionné.

Puis, comme il la sentait frissonner et que ses lèvres restaient soudées aux siennes, leur douceur et leur innocence éveillèrent en lui une émotion différente de tout ce qu'il avait connu jusqu'alors.

Pour Atayla, ses caresses l'avaient amenée à un état si proche de l'extase, qu'il lui semblait ne plus faire qu'un avec cet homme et ne plus posséder d'identité propre. Tout en étant consciente du caractère sacré de leurs sentiments, elle découvrait que l'amour avait une autre dimension : un feu sembla embraser leurs corps, s'intensifiant à chacune de leurs inspirations.

Tandis qu'il l'embrassait et que ses mains la caressaient, elle sentait naître en elle des sensations si neuves qu'elle en avait le vertige. Le comte l'emporta dans un univers magique et ils atteignirent ensemble l'extase suprême.

— Vous m'appartenez ! l'entendit-elle murmurer d'une voix rauque. Vous m'appartenez, mon amour, pour l'éternité !

— Je vous... appartiens ! répondit-elle. Aimez-moi... je vous en supplie... aimez-moi, car je vous appartiens... pour toujours...

Puis ils se fondirent l'un dans l'autre et ce fut comme si résonnaient autour d'eux les chants des anges du paradis.

Romans sentimentaux

La littérature sentimentale a pour auteur vedette chez J'ai lu la célèbre romancière anglaise Barbara Cartland, qui a écrit plus de 500 romans. À ses côtés, Anne et Serge Golon avec la série des Angélique, Juliette Benzoni et des écrivains anglo-saxons qui savent évoquer toute la force des sentiments (Janet Dailey, Theresa Charles, Victoria Holt...).

BEARN Myriam et Gaston de	**L'or de Brice Bartrès** 2514/**4***
BENZONI Juliette	**Marianne, une étoile pour Napoléon** 2743/**7***
	Marianne et l'inconnu de Toscane 2744/**5***
	Marianne, Jason des quatre mers 2745/**5***
	Toi, Marianne 2746/**5***
	Marianne, les lauriers en flammes 2747/**8***
BRISKIN Jacqueline	**Les vies mêlées** 2714/**6***
	Le cœur à nu 2813/**6***
	Paloverde 2831/**8***
BUSBEE Shirlee	**La rose d'Espagne** 2732/**4***
	Le Lys et la Rose 2830/**4***
	Le quiproquo de minuit 2930/**5***
CARTLAND	*Voir encadré ci-contre*
CASATI MODIGNANI Sveva	**Désespérément, Julia** 2871/**4***
CHARLES Theresa	**Le chirurgien de Saint-Chad** 873/**3***
	Inez, infirmière de Saint-Chad 874/**3***
	Un amour à Saint-Chad 945/**3***
	Crise à Saint-Chad 994/**2***
	Lune de miel à Saint-Chad 1112/**2***
	Les rebelles de Saint-Chad 1495/**3***
	Pour un seul week-end 1080/**3***
	Les mal-aimés de Fercombe 1146/**3***
	Lake, qui es-tu ? 1168/**4***
	Le château de la haine 1190/**2***
COOKSON Catherine	**L'orpheline** 1886/**5***
	La fille sans nom 1992/**4***
	L'homme qui pleurait 2048/**4***
	Le mariage de Tilly 2219/**4***
	Le destin de Tilly Trotter 2273/**3***
	Le long corridor 2334/**3***
	La passion de Christine Winter 2403/**3***
	L'éveil à l'amour 2587/**4***
	15e Rue 2846/**3***
	La maison des flammes 2997/**5*** (Avril 91)
DAILEY Janet	*La saga des Calder :*
	-La dynastie Calder 1659/**4***
	-Le ranch Calder 2029/**4***
	-Prisonniers du bonheur 2101/**4***
	-Le dernier des Calder 2161/**4***
	Le cavalier de l'aurore 1701/**4***
	La Texane 1777/**4***
	Le mal-aimé 1900/**4***
	Les ailes d'argent 2258/**5***
	Pour l'honneur de Hannah Wade 2366/**3***
	Le triomphe de l'amour 2430/**5***
	Les grandes solitudes 2566/**6***

CARTLAND Barbara (Sélection)

Les seigneurs de la côte 920/2*
Le secret de Sylvina 1032/2*
La fille de Séréna 1109/4*
Le valet de cœur 1166/3*
Seras-tu lady Gardénia ? 1177/3*
Printemps à Rome 1203/2*
L'épouse apprivoisée 1214/2*
Le cavalier masqué 1238/2*
Le baiser du diable 1250/3*
La prison d'amour 1296/2*
Le maître de Singapour 1309/2*
L'air de Copenhague 1335/3*
L'amour joue et gagne 1360/2*
Une couronne pour un roi 1372/3*
Vanessa retrouvée 1385/2*
Rencontre à Lahore 1401/2*
L'amour démasqué 1414/2*
Un baiser pour le roi 1426/2*
Lune de miel au Rajasthan 1440/2*
Fortuna et son démon 1454/2*
Un diadème pour Tara 1482/2*
Aventure au bord du Nil 1498/2*
L'étoile filante 1521/2*
La fugue de Célina 1537/2*
L'ingénue criminelle 1553/2*
La princesse orgueilleuse 1570/2*
Rhapsodie d'amour 1582/2*
Sous la lune de Ceylan 1594/2*
Duchesse d'un jour 1609/2*
L'enchanteresse 1627/2*
La tigresse et le roi 1642/2*
Un cri d'amour 1657/2*
Le Lys de Brighton 1672/2*
Le marquis et la gouvernante 1682/2*
Un duc à vendre 1683/2*
Piège pour un marquis 1699/2*
Le Talisman de jade 1713/2*
Le fantôme amoureux 1731/2*
Où vas-tu Melinda ? 1732/2*
Le prince russe 2589/2*
Une douce tentation 2627/2*
Le secret de la mosquée 2638/2*
Le piège de l'amour 2664/2*
Tempête amoureuse 2665/2*
Les yeux de l'amour 2688/2*
L'amour sans trêve 2689/2*
Lilas blanc 2701/2*
La malédiction de la sorcière 2702/2*
Les saphirs du Siam 2715/2*
Un mariage en Ecosse 2716/2*
Le jugement de l'amour 2733/2*
Mon cœur est en Ecosse 2734/2*
Les amants de Lisbonne 2756/2*
Passions victorieuses 2757/2*
Pour une princesse 2776/2*
Dangereuse passion 2777/2*
Un rêve espagnol 2795/2*
L'amour victorieux 2796/2*
Douce vengeance 2811/2*
Juste un rêve 2812/2*
L'amour victorieux 2796/2*
Amour, argent et fantaisie 2832/2*
L'explosion de l'amour 2833/2*
Le temple de l'amour 2847/2*
La princesse des Balkans 2856/2*
Douce enchanteresse 2857/2*
L'amour est un jeu 2872/2*
Le château des effrois 2873/2*
Un baiser de soie 2889/2*
Aime-moi pour toujours 2890/4*
La course à l'amour 2903/3*
Un mal caché 2904/2*
Danger sur le Nil 2916/3*
Une femme trop fière 2917/3*
Le duc infernal 2948/4*
Une folle lune de miel 2949/2* (Mai 91)
Le parfum des dieux 2960/2*
Un ange passe 2972/2* (Mars 91)
L'amour est invincible 2973/2* (Mars 91)
Le drame de Gilda 3001/2* (Avril 91)
La fuite en France 3002/2* (Avril 91)
Le voleur d'amour 3017/3* (Mai 91)
Musique miraculeuse 3033/2* (Juin 91)
Rêverie nocturne 3034/2* (Juin 91)

GOLON Anne et Serge

Angélique, marquise des Anges 2488/7*
Angélique. le chemin de Versailles 2489/7*
Angélique et le Roy 2490/7*
Indomptable Angélique 2491/7*
Angélique se révolte 2492/7*
Angélique et son amour 2493/7*
Angélique et le Nouveau Monde 2494/7*
La tentation d'Angélique 2495/7*
Angélique et la Démone 2496/7*
Le complot des ombres 2497/5*
Angélique à Québec 2498/5*
Angélique à Québec 2499/5*
Angélique La route de l'espoir 2500/7*
La victoire d'Angélique 2501/7*

Romans sentimentaux

DALLAYRAC Dominique	***Et le bonheur, maman*** *1051/3**
DAVENPORT Marcia	***Le fleuve qui tout emporta*** *2775/4**
DESMAREST Marie-Anne	***Torrents*** *970/3**
EBERT Alan	***Traditions*** *2947/8**
FORSYTHE HAILEY Elizabeth	***Le mari de Joanna et la femme de David*** *2855/5**
FURSTENBERG et GARDNER	***Miroir, miroir*** *3016/7* (Mai 91)*
GOLON	*Voir page précédente*
HEIM Peter	***La clinique de la Forêt Noire*** *2752/4**
HOLT Victoria	***La maison aux mille lanternes*** *834/4**
	L'orgueil du paon *1063/4**
	La porte du rêve *899/4**
	Le galop du Diable *1113/4**
	La nuit de la 7e lune *1160/4**
	Le masque de l'enchanteresse *1643/4**
	La légende de la 7e vierge *1702/3**
	Sables mouvants *1764/3**
	Les sortilèges du tombeau égyptien *2778/3**
HULL E.M.	***Le Cheik*** *1135/2**
	Le fils du Cheik *1216/2**
IBBOTSON Eva	***Une comtesse à l'office*** *1931/4**
KEVERNE Gloria	***Demeure mon âme à Suseshi*** *2546/6**
LAKER Rosalind	***Reflets d'amour*** *2129/4**
	La femme de Brighton *2190/4**
	Le sentier d'émeraudes *2351/5**
	Splendeur dorée *2549/4**
	Les neiges de Norvège *2687/4**
	Le sceau d'argent *3032/5* (Juin 91)*
LINDSEY Johanna	***Le vent sauvage*** *2241/3**
	Un si cher ennemi *2382/3**
	Samantha *2533/3**
	Esclave et châtelaine *2925/4**
	La révoltée du harem *2956/6**
	La fiancée captive *3035/4* (Juin 91)*
McBAIN Laurie	***Les larmes d'or*** *1644/4**
	Lune trouble *1673/4**
	L'empreinte du désir *1716/4**
	Le Dragon des mers *2569/4**
	Les contrebandiers de l'ombre *2604/4**
	Splendeur et décadence *2663/5**
MICHAEL Judith	***Prête-moi ta vie*** *1844/4* & 1845/4**
MONSIGNY Jacqueline	***L'amour dingue*** *1833/3**
	Le palais du désert *1885/2**
MOTLEY Annette	***Le pavillon des parfums verts*** *2810/8**
MULLEN Dore	***Le lys d'or de Shanghai*** *2525/3**
	La violence du destin *2650/4**
	Entre ciel et enfer *1557/4**
PARETTI Sandra	***L'oiseau de paradis*** *2445/4**
	L'arbre du bonheur *2628/5**
RASKIN Barbara	***Bouffées de jeunesse*** *2888/5**